동에 번쩍
서에 번쩍

영웅이
나가신다!

돌콩 옛이야기 4 리더십 편

동에 번쩍 서에 번쩍 영웅이 나가신다!

© 글 강민경, 2013

1판 1쇄 인쇄 2013년 11월 29일 | **1판 1쇄 발행** 2013년 12월 16일

글 강민경 | **그림** 이사라

펴낸이 권준구 | **펴낸곳** (주)지학사

편집이사 강현철 | **편집장** 박미영 | **팀장** 김은영 | **편집** 김민영 박정란 문지연 김연정

디자인 최명희 | **제작** 권용익 김현정 이진형 | **마케팅** 이상혁 송성만 이선호

등록 2010년 1월 29일(제313-2010-24호) | **주소** 서울시 마포구 신촌로 6길 5

전화 02.330.5297 | **팩스** 02.3141.4488 | **홈페이지** www.jihak.co.kr/arb/book

ISBN 978-89-94700-78-6 64800
ISBN 978-89-94700-73-1 64800(세트)
잘못된 책은 구입하신 곳에서 바꿔 드립니다.

아르볼 은 (주)지학사가 만든 단행본 출판 이름입니다.

동에 번쩍 서에 번쩍
영웅이 나가신다!

글 강민경 | 그림 이사라

아르볼

"우리나라 옛이야기는 유치하고 재미없어요!"

한 초등학생의 말에 크게 충격을 받은 적이 있어요. 세계 명작 이야기는 재미있고 수준이 높은데, 우리나라 옛이야기는 재미가 없어서 읽기가 싫다는 말을 듣고 얼마나 놀랐는지 몰라요.

그런데 이런 생각을 가지고 있는 초등학생이 그 친구 하나만은 아닐 거예요. 세계 명작의 경우 갖가지 그림책, 동화책은 물론 애니메이션으로 익숙하게 보고 듣고 있지요. 그와 비교해 우리 옛이야기는 조금 낯설게 느껴지는 게 사실이에요. 낯설다 보니 재미없고 수준이 낮다고 생각하게 됐는지도 모르겠네요.

동화 작가로서 우리의 옛이야기가 재미있다는 것을 알리고 싶었어요. 또 이야기 속에 담긴 알토란 같은 교훈들을 자라나는 친구들에게 소개하고도 싶었지요. 그래서 이 책을 쓰게 되었답니다.

어느 것 하나 귀하지 않은 옛이야기가 없지만, 그중에서도 초등학생이 꼭 알아야 할 이야기를 주제별로 골라 보았어요.

창의력·용기·지혜·리더십·인성

이렇게 다섯 개의 주제를 정하고, 주제에 맞는 이야기를 고른 뒤 어린이들이 읽기 쉽게 풀어 썼어요. 또 각 이야기마다 덧붙이고 싶은 정보를 선별해 실었지요. 그뿐만이 아니라 독후 활동을 할 수 있는 워크북도 준비했답니다.

옛이야기를 읽고 그와 관련된 정보를 얻고, 워크북으로 복습하면서 서술형 평가도 대비하는 일석 삼조의 효과를 주는 책이라고 자신해요.

어느 때보다도 더운 여름을 옛이야기와 함께 보내다 보니, 원두막에 앉아 부채 바람을 즐기는 조상들과 함께 있는 기분이 들었어요. 우리 조상들은 자신들의 이야기가 그냥 사라지지 않고 이렇게 전해 내려왔다는 것에 무척 기뻐하고 계실 거예요. 친구들이 옛이야기를 읽으며 그 속에 담긴 교훈을 찾아낸다면 기쁨이 더 커지겠죠?

– 작가, 강민경

차례

「주몽 신화」

알에서 태어난 아이, 고구려를 세우다!

우리는 엄마 배 속에서 생기고 자라나 태어났지요. 그런데 알에서 태어난 사람이 있대요. 게다가 자라선 나라를 세웠다고 해요. 나라를 세웠을 때 나이가 열두 살이라나요? 못 믿겠다고요? 그렇다면 이제부터 그 이야기를 해 줄게요.

금와왕과 유화의 만남

아주 먼 옛날, 동부여를 다스렸던 금와왕이 신하들과 함께 여행을 하고 있었다. 그때 어디선가 울음소리가 들려왔다.

"이것이 무슨 소린가?"

금와왕이 걸음을 멈추고 신하들에게 물었다.

"여인의 울음소리 같습니다."

한 신하가 대답했다.

"도대체 누가 이렇게 슬프게 울고 있는지 당장 알아 오도록 하여라."

신하들은 명령에 따라 흩어졌고, 잠시 뒤 한 여인과 함께 나타났다. 여인은 아름답고 신비로운 분위기를 풍겼다. 그러나 그 얼굴엔 슬픔이 가득했다.

"당신은 누구인데 이곳에서 슬프게 울고 있는 것이오?"

금와왕이 부드러운 목소리로 물었다.

"저는 물의 신인 하백의 딸, 유화라고 합니다."

금와왕은 깜짝 놀랐다. 그러나 여인은 신의 딸이라고 하기엔 차림새가 너무 볼품없었다.

"폐하, 하백의 딸이 왜 이런 곳에서 저런 차림으로 울고 있겠습

니까? 분명 거짓말을 하는 것입니다."

신하들이 의심하며 말했지만 금와왕은 여인에게서 특별함을 느끼고 다시 물었다.

"하백의 딸이 왜 이런 곳에서 울고 있는 것이오?"

유화는 한숨을 내쉬더니 이야기를 털어놓았다.

"어느 날 동생들과 물 밖으로 나들이를 왔습니다. 그러다 하느님의 아들이신 해모수님을 만나 사랑에 빠졌지요. 정다운 시간을 보내며 행복했는데, 갑자기 해모수님이 하늘나라로 돌아가야 한다며 훌쩍 떠나 버리셨습니다. 아버지는 이 사실을 아시고 저를 내쫓으셨어요."

이야기를 들은 금와왕은 유화가 불쌍해졌다. 그래서 유화를 데리고 궁으로 돌아갔다.

신기한 알

동부여의 궁에 도착한 유화는 잠시 눈을 붙였다. 그런데 갑자기 밝은 빛이 유화를 비추는 게 아닌가? 유화는 눈이 부셔서 잠에서 깨고 말았다. 밝은 햇빛을 피해 자리를 옮겨 누웠지만 햇빛은 유화를 졸졸 따라다녔다.

얼마 뒤, 유화의 배가 불러 오더니 아기가 태어났다. 그런데 유화가 낳은 것은 사람이 아니었다. 매우 커다란 알이었다. 유화가 알을 낳았다는 소식을 들은 금와왕은 매우 불안했다. 그 알이 꼭 불행을 가져올 것만 같았기 때문이다. 금와왕은 신하들에게 큰 소리로 명령을 내렸다.

"저 알을 개나 돼지에게 던져 주어라!"

유화가 울며 매달렸지만 신하들은 왕의 명령에 따라 알을 동물 우리에 던졌다. 하지만 동물들은 알 근처를 맴돌기만 할 뿐 알을 건드리지 않았다.

"어허! 이상한 일이구나. 당장 알을 꺼내 들판에 버리거라! 들짐승의 먹이가 되도록 말이다."

신하들은 우리에서 알을 꺼내 들판에 버렸다. 그런데 새와 짐승들이 다가와 알을 품기 시작했다. 신하들은 놀라 이 사실을 왕에게 알렸다. 이야기를 들은 금와왕은 알이 평범하지 않다는 것을 깨닫고, 유화에게 돌려주었다.

알에서 태어난 아이

며칠이 지났다. 알에 조금씩 금이 가기 시작했고, 마침내 알을 깨고 사내아이가 태어났다. 아이의 울음소리는 온 궁을 흔들었다. 아이의 눈은 밝게 빛났고, 몸도 아주 튼튼했다.

"과연 해모수님의 아들답구나!"

아이를 본 사람들은 모두 아이의 탄생을 축하했다.

많은 사람들의 관심 속에서 아이는 무럭무럭 자랐다. 아이는
모든 면에서 재주가 뛰어났고, 특히 활쏘기에서는 누구에게도
지지 않았다. 그래서 사람들은 아이를 활을 잘 쏘는 사람이란
뜻에서 '주몽'이라 불렀다.

한편 금와왕에게는 일곱 명의 아들이 있었는데, 이들은 뛰어난
주몽의 재주를 샘냈다. 특히 맏아들인 대소 왕자는 주몽을 매우
미워했다. 결국 대소 왕자는 금와왕을 찾아가 이렇게 말했다.

"아바마마, 주몽은 사람의 자식이 아닙니다. 알에서 태어난 것만 봐도 그렇지 않습니까? 저 녀석을 살려 두면 나라에 나쁜 일이 생길 것입니다."

그러나 금와왕은 대소 왕자를 나무라며 주몽의 편을 들어 주었다. 질투심에 눈이 먼 대소 왕자는 금와왕의 마음을 돌리기 위해 더욱 간절히 매달렸다.

"아바마마, 백성들이 왕자인 저보다 주몽을 더 따르고 있습니다. 주몽이 이를 믿고 난리라도 일으키면 어떻게 한단 말입니까?"

대소 왕자는 금와왕을 끈질기게 설득했다. 금와왕은 끝까지 주몽 편을 들 수 없었다. 그래서 할 수 없이 주몽에게 초라하고 힘든 마구간 일을 시켰다. 주몽은 명령대로 마구간에서 열심히

일했다. 주몽을 지켜보는 유화의 마음은 매우 안타까웠다. 어느 날 유화는 조용히 주몽을 불렀다. 그러고는 품에서 작은 바늘을 꺼내며 말했다.

"이 바늘을 마구간에서 제일 좋은 말의 혓바닥 아래에 찔러 두도록 해라."

주몽은 마구간으로 돌아가 유화의 말대로 가장 좋은 말의 혓바닥 아래에 바늘을 찔러 두었다.

그로부터 며칠이 지난 어느 날, 금와왕이 마구간에 들렀다. 마구간의 말들은 모두 전보다 살이 찌고 튼튼해져 있었다. 금와왕은 주몽을 칭찬했다. 그러고는 마구간을 둘러보다가 비쩍 마르고 힘이 없어 보이는 말 한 마리를 주몽에게 상으로 줬다.

주몽이 받은 말은 바로 혓바닥 밑에 바늘을 찔러 둔 말이었다. 혓바닥의 바늘 때문에 먹이를 먹지 못해 비쩍 말랐지만 사실은 제일 훌륭한 말이었다. 좋은 말을 얻었다는 사실에 주몽은 매우 기뻤다.

하지만 이 이야기를 들은 대소 왕자는 화가 머리끝까지 났다. 금와왕이 주몽에게 상을 준 것이 못마땅했던 것이다. 결국 대소 왕자는 동생들을 불러 모아 주몽을 없애려고 했다. 이것을 눈치 챈 유화는 주몽을 불러 궁을 떠날 준비를 시켰다.

고구려를 세우다

주몽은 오이, 마리, 협부라는 세 친구와 함께 동부여를 떠났다. 세 친구는 주몽과 친하다는 이유로 대소 왕자로부터 미움을 사고 있었다.

"나 때문에 너희들까지 정든 고향을 떠나게 되다니 정말 미안하구나."

주몽의 말에 세 친구는 크게 고개를 저었다.

"그게 무슨 소리야! 우리는 피를 나눈 형제와 다름없는데."

주몽과 세 친구가 말을 달려 큰 강 앞에 다다랐을 때였다. 저 멀리서 뿌연 흙먼지를 일으키며 대소 왕자와 병사들이 쫓아왔다. 세 친구는 발을 동동 굴렀다.

"앞엔 강물이고, 뒤엔 병사들이 쫓아와. 이제 우린 꼼짝없이 죽게 생겼어."

그 모습을 본 주몽이 말에서 내렸다. 그러고는 강물을 향해 크게 소리쳤다.

"나는 해모수의 아들입니다. 또 하백의 손자이기도 하지요! 부디 강물을 열어 주십시오!"

갑자기 강물이 일렁이기 시작했다. 그러더니 물고기와 자라들이 물 위로 올라오는 것이 아닌가? 물고기와 자라들은 자기

들의 몸으로 강 건너편까지 다리를 만들기 시작했다. 세 친구는
눈앞에 보이는 광경이 믿기지 않았다.

"자, 빨리 건너가자!"

말에 다시 올라탄 주몽과 친구들은 물고기와 자라를 다리 삼
아 강을 무사히 건넜다. 따라오던 대소 왕자와 병사들은 이 모
습에 할 말을 잃고 말았다.

"우리도 어서 물고기와 자라를 밟고 뒤쫓아 가자!"

대소 왕자의 명령에 병사들은 물고기와 자라들이 만든 다리
에 올랐다. 그러고는 강을 건너기 시작했다. 그런데 그들이 강
한가운데까지 왔을 때, 갑자기 다리를 만들었던 물고기와 자라
들이 강물 속으로 들어가 버렸다. 강을 건너던 병사들은 모두
물에 빠져 죽고 말았다.

한편 대소 왕자를 따돌린 주몽과 세 친구는 졸본이라는 곳에 도
착했다. 그리고 그곳에 나라를 세웠다. 이 나라가 바로 고구려다.

「주몽 신화」

나라를 세운 사람들의 이야기를 **건국**(建^{세울 건} 國^{나라 국}) **신화**
라고 해요. 「주몽 신화」는 고구려 건국 신화지요. 그럼 백제와 신
라의 건국 신화는 무엇일까요?

1 주몽의 아들이 세운 나라 – 백제 건국 신화

백제의 건국 신화는 몇 가지가 전해 내려오는데, 그중 한 가지
이야기를 들려줄게요.

백제를 세운 온조는 주몽의 둘째 아들이
에요. 주몽은 동부여를 탈출하여 졸본으
로 온 뒤, 고구려를 세웠지요. 주몽은
이곳에서 결혼하여 아들 둘을 낳았는
데 첫째 아들이 비류이고 둘째 아들
은 온조랍니다.

그런데 주몽에게는 동부여에

두고 온 아들, 유리가 있었어요. 훗날 유리가 졸본으로 와서 주몽의 왕위를 이어받자, 비류와 온조는 고구려를 떠났지요. 이들은 남쪽으로 내려가 나라를 세웠는데, 둘째 온조가 위례성(지금의 서울 남동부)에 도읍을 정하고 세운 나라가 바로 백제랍니다.

2 알에서 태어난 왕 – 신라 건국 신화

경주 지방에서는 오랜 옛날부터 여섯 마을 사람들이 의좋게 지내고 있었어요. 하지만 이 여섯 마을을 다스리는 왕이 없었지요. 여섯 마을의 촌장※들은 왕이 없는 것을 걱정했어요. 그러던 어느 날이었어요. 한 촌장이 우물 근처에서 자줏빛이 나는 큰 알을 발견했지요. 그때 알에서 잘생긴 남자아이가 하나 나왔어요. 여섯 촌장은 이 아이가 박처럼 생긴 알에서 태어났다고 하여 성을 박씨라 하고, 세상을 환하게 밝혀 줄 인물이라 하여 이름을 혁거세(赫빛나다혁 居살다거 世세상세)라고 지었지요. 그리고 박혁거세야말로 하늘이 보내 준 인물이라고 여겨 왕으로 모셨지요. 이 여섯 마을이 합친 나라가 바로 신라랍니다.

※ **촌장** 마을의 우두머리

21

『박문수전』 암행어사 출두요!

"암행어사 출두⊛요!"
나쁜 벼슬아치⊛들이 못된 짓을 할 때면 어디선가 들려오는 시원한 소리죠. 평범
한 사람인 척 전국 방방곡곡을 돌아다니다가 억울한 사람들의 답답한 마음을 풀
어 주고, 나쁜 사람들을 혼내 주는 암행어사! 그중에서도 특히 멋진 활약을 보여
줬던 암행어사 박문수의 이야기를 들어 볼까요?

소년 박문수

조선 시대 경상북도 고령에 박문수라는 소년이 살고 있었다. 박문수의 집안은 대대로 벼슬을 지냈지만 형편은 빠듯한 편이었다. 그의 아버지가 높은 벼슬을 얻는 것보다 공부하는 것을 좋아해 책에 빠져 살았기 때문이다.

왕세자의 스승이었던 할아버지와 항상 책을 가까이하는 아버지 덕분에 어린 박문수는 책 읽는 것을 즐겼다. 할아버지와 아버지는 박문수의 글 읽는 소리와 나날이 더해 가는 똑똑함에 흐뭇

※ **암행어사 출두** 암행어사가 더 확실한 증거를 찾기 위해 신분을 밝히며 들이닥치는 일
※ **벼슬아치** 관청에서 나랏일을 보던 사람

한 미소를 짓곤 했다.

　박문수가 여섯 살이 되던 해, 그의 할아버지가 세상을 떠나고
말았다. 박문수의 아버지는 할아버지의 산소 옆에 움막집[※]을
짓고 삼년상[※]을 치르기 시작했다. 그러나 움막집에서 하루에
한 끼도 먹는 둥 마는 둥 하며 지내는 바람에 건강이 나빠졌고,
결국 2년 뒤 할아버지를 따라 세상을 떠나고 말았다. 박문수는
믿고 따르던 할아버지와 아버지의 죽음에 크게 슬퍼했고, 슬픔

※ **움막집** 땅을 파고 그 위에 짚 따위를 얹고 흙을 덮어 추위나 비바람만 가릴 정도로 임시로 지은 집
※ **삼년상** 부모님이 돌아가시면 3년 동안 상복을 입고 상을 치르는 일

을 잊으려 더욱더 책 속에 파묻혀 지냈다. 그 덕분에 어려움 없이 과거*에 합격했다.

산에서 길을 잃다

영조 때에 전국에 도둑이 들끓어 나라가 어지러웠다.

"전하, 충청도에서는 이인좌가, 경상도에서는 정희량이 군대를 이끌고 난리를 일으켰다 하옵니다."

"허어, 이를 어찌한단 말인가? 그대들에게 좋은 생각이 없는가?"

"전하, 오명항을 시켜 난리를 일으킨 이들을 잡아 벌주는 것이 어떠하신지요?"

"거기에 조현명과 박문수, 두 사람이 힘을 보태 오명항을 돕도록 하시지요."

조정*에서 보낸 군대는 난리를 일으킨 이들을 모두 붙잡았다. 영조는 크게 기뻐하며 공을 세운 장군들에게 높은 벼슬을 내려 칭찬했다. 그리고 박문수에게도 암행어사의 벼슬을 내려 백성들을 살피게 하였다. 박문수는 암행어사의 신분을 숨기고 전국 방방곡곡을 떠돌아다녔다. 그러던 어느 날이었다.

※ **과거** 관리를 뽑는 시험
※ **조정** 임금이 나라의 정치를 신하들과 의논하거나 실제로 행하는 곳

발길이 닿는 대로 떠돌다 보니 눈앞에 덕유산이 있었다. 덕유산은 골짜기가 깊어 사나운 동물이 많았다. 그곳에 사는 사람들 말고는 함부로 다니지 못할 정도로 위험한 곳이었다. 그러나 왔던 길을 되돌아갈 수도 없는 노릇이었다. 박문수는 할 수 없이 덕유산에 발을 들여놓았다. 덕유산에 들어선 그는 이 골짜기 저 골짜기 헤매다 덜컥 길을 잃고 말았다. 한참을 헤매도 같은 자리라 초조해진 박문수는 배고픔까지 더해져 서서히 정신을 잃다가 낙엽 위에 그대로 쓰러지고 말았다.

얼마나 지났을까? 박문수가 눈을 떴을 때 주위는 이미 캄캄해진 뒤였다. 그때, 멀지 않은 곳에서 은은한 불빛이 비치는 것이 보였다. 그는 반가운 마음에 벌떡 일어나 등불이 있는 곳으로 성큼성큼 다가갔다.

이 억울함을 풀어 주오!

불빛 쪽으로 다가가던 박문수는 깜짝 놀라 입을 떡 벌리고 말았다. 혼자 헤맬 때는 인기척※조차 없던 깊은 산속에 커다란 마을이 펼쳐져 있었기 때문이다. 그러나 이미 밤이 깊어 집마다 문

※ **인기척** 사람이 있음을 알 수 있게 하는 소리나 낌새

을 닫았고 마을은 쥐 죽은 듯 조용했다. 박문수는 하룻밤 묵어 갈 집이 없나 이 집 저 집 기웃거리며 왔다 갔다 했다. 그러다 한 집을 지나치려는데 창밖으로 이상한 소리가 들려왔다. 박문수 가 창 옆으로 몸을 숨기고 살짝 엿보니 노인이 칼을 들고 젊은이 의 배 위에 올라앉아 그를 찌르려 하고 있었다.

"이놈, 죽어라! 너도 죽고 나도 죽자!"

그러나 어찌 된 일인지 누워 있는 젊은이는 피할 생각이 전혀 없 어 보였다. 그저 칼 든 노인 앞에 두 눈을 감고 누워 있을 뿐이었다.

박문수는 헛기침을 크게 하고 그 집의 대문을 두드렸다. 잠시 뒤 사람이 나와 대문을 열어 주었다. 박문수는 잠자코 따라 들 어가 조금 전에 이상한 장면이 벌어졌던 방으로 향했다. 방 안 에는 누워 있던 젊은이는 없어지고, 젊은이를 죽이려던 노인만 남아 있었다. 박문수는 모르는 척하며 말했다.

"나는 박문수라는 사람입니다. 덕유산에 들어왔다가 길을 잃 고 헤매던 중 이 마을에 오게 되었죠. 오늘 밤 신세를 져도 되겠 습니까?"

노인이 말했다.

"그러시지요. 나는 유안거입니다. 일단 뭐라도 좀 드셔야겠 군요."

27

노인은 밖으로 나가 밥상을 가지고 들어왔다. 상을 받은 박문수는 일단 배를 채웠다. 그리고 노인에게서 이 마을에 대한 이야기를 듣게 되었다.

노인이 사는 마을은 구씨와 천씨 성을 가진 사람들만 모여 사는 곳으로, 이름은 구천동이었다. 노인은 소개를 받고 이 마을에 이사 와 서당을 하였고, 마을에 유씨는 자기 가족들뿐이라고 말했다. 이야기를 마친 노인의 얼굴에는 걱정이 가득했다. 그 얼굴을 본 박문수가 목소리를 낮춰 말했다.

"사실은 제가 이 집에 들어오기 전에 우연히 보고 말았습니다. 일부러 엿본 것은 아니니 화내지 마십시오. 주인장께서 웬 젊은이를 칼로 겁주시던데 무슨 까닭이 있는지요?"

노인은 깜짝 놀라 박문수를 물끄러미 쳐다보더니 땅이 꺼져라 한숨을 쉬고는 말했다.

"아까 그 젊은이는 내 아들입니다."

"아니, 아드님을 왜……?"

"이런 억울한 일이 세상에 또 있을지 한번 들어나 보십시오."

노인은 억울함에 얼굴이 빨개져 이야기를 시작했다.

"이웃에 사는 천운거라는 사람이 며느리를 얻었습니다. 얼마 뒤, 그 며느리가 몸가짐이 나쁘다는 소문이 났지요. 창피해진

천운거는 며느리가 내 아들과 어울려서 그렇다고 억지를 부렸
습니다. 그런데 마을 사람들은 성이 다르다고 우리 편은 들어
주지도 않고 천운거의 눈치만 볼 뿐입니다. 그러니 내가 억울하
지 않겠습니까?"

　노인은 잠시 숨을 고르고 또다시 이야기를 시작했다.

　"천운거는 내 아들이 자기네 집안을 욕먹게 했으니 자기들도
우리 집을 망쳐 놓겠다고 하더군요."

　"도대체 어떻게 말입니까?"

　"내 부인과 며느리를 빼앗아 가겠다는 것입니다. 천운거는 내

아내와 결혼을 하고, 그 아들은 내 며느리와 결혼을 한다지 뭡니까? 바로 내 집 마당에서 말입니다. 그 결혼 날짜가 바로 내일이고요. 내 힘이 모자라서 이 일을 막을 방법이 없으니 차라리온 식구가 함께 목숨을 끊으려고 하는 것입니다."

이야기를 마친 노인은 또다시 땅이 꺼져라 한숨을 쉬었다. 박문수는 잠시 생각에 잠겼다가 노인의 손을 잡으며 말했다.

"부디 아까운 목숨을 함부로 하지 마시고 내일까지 기다려 보십시오. 반드시 좋은 방법이 있을 겁니다."

하늘에서 내려온 장군

박문수는 구천동을 떠나 관아®가 있는 무주읍에 도착했다. 그리고 사또를 시켜 광대®들을 부르게 하고 그중에서 담을 잘넘고 재주가 좋으며 용감한 광대 네 명을 골랐다. 그러고는 각각 색깔이 다른 군복을 만들어서 나누어 입히고 구천동으로 향하게 했다.

한편 결혼식 시간이 다가오자 천운거와 그의 아들은 노인의집 마당으로 쳐들어와 결혼식 준비를 했다. 구경꾼들이 모여든

❋ **관아** 벼슬아치들이 나랏일을 보던 곳
❋ **광대** 연극, 노래, 춤, 줄타기 등의 재주를 가진 사람

30

가운데 노인의 부인과 며느리가 울며 마당으로 끌려 나왔다. 노인은 억울해 미칠 것 같았다.

"허어, 이 꼴을 안 보고 어젯밤 목숨을 끊었더라면 좋았을 것을!"

그때였다. 노란 옷을 입은 신장 하나가 마당으로 걸어 들어왔다. 신장이란 하늘에서 내려온 장군이었다. 대낮에 신장이 나타나니, 구경꾼들은 모두 숨을 죽이고 지켜볼 뿐이었다. 신장은 들고 있던 도끼를 휘두르며 소리를 질렀다.

"동쪽의 푸른 장군아, 나오너라!"

그러자 푸른 옷을 입은 신장이 담을 넘어 날아와 마당으로 들어섰다.

"서쪽의 하얀 장군아, 나오너라!"

"남쪽의 붉은 장군아, 나오너라!"

"북쪽의 검은 장군아, 나오너라!"

네 명의 신장이 모두 마당에 들어서자 노란 옷을 입은 신장이 쩌렁쩌렁 울리는 목소리로 외쳤다.

"나는 옥황상제의 명령을 받아 이곳에 왔다. 옥황상제께서 구천동에 나쁜 사람이 두 명 있으니 잡아 오라 하셨다. 여봐라, 저기 두 사람을 당장 잡아들여라!"

노란 신장의 말이 떨어지기 무섭게 네 명의 신장들이 한꺼번에

달려들어 천운거와 그의 아들을 끌고 갔다. 이때 이들을 잡아간
네 명의 신장들은 박문수가 고른 광대였고, 노란 신장은 바로
암행어사 박문수였다. 그 뒤에 구천동에서 천운거 가족을 본 사
람은 아무도 없었고, 마을 사람들 모두가 유씨 노인의 집안을
얕보지 않게 되었다. 하늘이 돕는 집안이라 생각해 우러러봤기
때문이다.

누명을 쓴 정 낭자

박문수는 어느 마을에 가든 우선 장터를 둘러보았다. 장터의 모습을 살피다 보면 백성들의 형편과 그들의 마음을 알 수 있기 때문이었다. 그날도 박문수는 한 마을에 이르러 장터를 구경하다 주막에 들어섰다. 그리고 막걸리 한 사발과 국밥을 시켜 먹으며 옆자리 손님들의 이야기에 귀를 기울였다. 사람들은 입에 침이 마를 정도로 새로 온 사또를 칭찬하고 있었다.

"그런데 말이야, 새 사또 나리는 정 낭자의 억울함을 풀어 줄 수 있을지 모르겠어."

"에이, 사또가 세 번 바뀌는 동안 감옥살이를 벗어나지 못했는데 이번에도 어렵지 않겠어?"

박문수는 슬그머니 자리에서 일어나 그길로 관아를 찾아갔다.

"나는 임금님의 명령을 받고 백성을 살피러 다니는 암행어사 박문수요. 지금 감옥에 갇혀 있는 사람들의 기록을 볼 수 있겠소?"

박문수가 기록을 살펴보니 나이 스물도 안 된 정씨 소녀가 3년째 감옥살이를 하고 있었다.

"이 소녀는 무슨 일로 갇혀 있는 것이오?"

"그것이……. 제 앞의 두 사또도 해결하지 못한 일입니다. 두

쪽의 주장이 도무지 서로 맞지 않아 저 역시 손댈 방법을 모르고 있던 중이지요."

"당장 정 낭자를 불러오도록 하시오."

관아의 뜰 앞에 정 낭자가 끌려 나왔다.

"네가 어떤 이유로 감옥에 갇히게 되었는지 자세히 말해 보도록 하여라."

"저는 일찍이 어머니를 잃고 아버지와 단둘이 살고 있었습니다. 그런데 열한 살 되던 해 아버지마저 세상을 떠나셨죠. 아버지는 돌아가시기 전에 같은 마을에 사는 이 생원※이란 친구 분에게 저를 부탁하셨습니다. 아버지로부터 밭과 집을 넘겨받은 이 생원은 처음에는 저를 돌보아 주는 듯했지만, 차츰 구박과 매질을 하기 시작했습니다. 저는 견디다 못해 집을 나와 구걸※을 하며 겨우겨우 살았습니다."

"저런!"

"하지만 도저히 살기가 어려워 다시 이 생원의 집을 찾아갔습니다. 저를 받아 주기 싫으시거든 아버지로부터 받은 밭이라도 나눠 달라고 해 볼 마음으로요. 그런데 이 생원의 집 앞에 서니

※ **생원** 예전에, 나이 많은 선비를 대접하여 이르던 말
※ **구걸** 돈 따위를 거저 달라고 비는 일

선뜻 들어갈 용기가 나지 않았습니다. 그래서 주위를 빙빙 돌며 기회를 엿보고 있던 중이었습니다. 갑자기 이 생원네 사람들이 '도둑이야!' 하고 외쳤습니다. 그러더니 제게 달려들어 잡아 묶고는 매질을 하기 시작했습니다. 저는 매질을 견디다 못해 그들이 시키는 대로 거짓 자백※을 하고 감옥에 갇히게 된 것입니다."

박문수는 이 생원의 뻔뻔스러움에 몸을 떨었다.

'내 반드시 이 억울함을 풀어 주리라!'

도둑과 함께 도둑을 잡다

박문수가 며칠을 고민하며 관아에 머무르는 동안 도둑 한 명이 잡혀 들어왔다. 그는 부잣집 물건만 훔쳐서 가난한 사람에게 나누어 주다 잡혀 들어왔다고 했다. 박문수는 도둑을 불러 앉혀 놓고 말했다.

"자네, 이 생원이란 자를 아는가?"

"당연히 알죠. 친구의 딸을 내쫓고 재산만 빼돌린 아주 나쁜 놈이지요."

"내가 그자를 혼내 주려 하는데 자네 도움이 필요하네."

※ **자백** 자기가 저지른 죄나 자기의 허물을 남들 앞에서 스스로 고백함

박문수는 도둑에게 계획을 자세히 말하고 그를 풀어 주었다.

도둑은 그길로 이 생원의 집을 찾아갔다. 그리고 너스레[※]를 떨며 이 생원을 꾀었다.

"송 부자네 집을 털어 볼까 하는데 좀 도와주게."

"에잇, 이 사람! 나까지 도둑을 만들 셈인가?"

"절대 안 잡힐 테니 걱정 말게나. 함께 송 부자네 집으로 가서 자네는 '도둑이야!' 하고 소리만 지르게. 그러면 사람들이 놀라 뛰어나오겠지? 그때 내가 들어가 돈을 훔쳐 나오겠네. 어때, 기막힌 계획 아닌가? 만약 잡힌다고 해도 책임은 모두 내가 지겠네. 그리고 훔친 돈도 자네가 다 가지게. 나는 그저 재미로 도둑질을 하는 거지, 돈에는 관심이 없으니까."

이 생원은 큰돈을 차지할 욕심에 허락을 하고 말았다.

그로부터 3일 뒤, 도둑과 이 생원은 늦은 밤에 송 부자네 집으로 향했다. 이 생원은 큰돈이 생긴다는 생각에 저절로 웃음이 나오는 것을 참을 수가 없었다. 논둑길을 지나 송 부자네 집이 손에 닿을 듯 가까워진 바로 그때, 어디선가 포졸들이 달려 나와 두 사람을 꽁꽁 묶어 관아로 끌고 갔다.

※ **너스레** 수다스럽게 떠벌려 늘어놓는 말이나 행동

"네 이놈! 도둑놈과 짜고 송 부자네 집을 털러 가는 것이렷다!"

박문수가 날카롭게 물었다.

"아닙니다. 전 이놈이 잠시 어딜 같이 가자고 해서……."

"거짓말을 하면 그 죄가 더 커진다는 것을 모르는 게로구나. 네가 가진 재산도 전부 도둑질로 모았다는 것을 이미 알고 있다!"

"아닙니다. 저의 재산은 그런 것이 아니옵고……."

박문수는 그의 말을 끊고 도둑에게 말했다.

"뭐가 아니냐? 네가 말해 보아라."

"저놈은 도둑질로 큰 재산을 모은 것이 맞습니다."

이 생원은 어이가 없다는 듯 도둑을 바라보며 소리를 높였다.

"허어, 도둑질은 네가 해 놓고 무슨 말이냐? 내 재산은 정 생원에게 받은 것이 대부분이라는 것은 마을 사람 모두가 아는 사실 아니냐?"

박문수가 기다렸다는 듯이 끼어들었다.

"정 생원이라고 했느냐? 그렇다면 정 낭자를 알고 있겠구나."

"예? 예에……."

이 생원이 마지못해 대답하였다.

"너는 죽어 마땅할 만큼 큰 죄를 지었으나 목숨만은 살려 주겠다. 그러니 모든 재산은 정 낭자에게 넘기고 당장 이 마을을 떠나도록 해라!"

박문수는 어린 정 낭자의 억울함을 풀어 줄 수 있어 더없이 흐뭇하였다. 도둑 또한 앞으로는 남의 것에 손대지 않고 열심히 땀 흘려 살겠다고 다짐해 박문수를 더 흐뭇하게 했다. 마을 사람들은 박문수의 지혜와 따뜻한 마음을 오랫동안 잊지 못했다.

『박문수전』

1 박문수는 실제 인물일까요?

　박문수(1691~1756)는 조선 영조 때 실제로 살았던 사람이에요. 박문수는 1730년 호서(지금의 충청도 지역) 어사로 나가 굶주린 백성을 돌보는 데 힘썼어요. 어사는 왕이 특정한 임무를 주고 지방으로 보낸 벼슬아치를 말해요. 어사의 종류로는 백성들이 난리를 일으켰을 때 이를 해결하는 안핵사, 지방 관리들을 감시하며 백성들을 돌보는 암행어사 등이 있지요. 박문수는 1741년에는 함경도 진휼사※로 나가 경상도의 곡식 일만 섬을 실어 와서, 배가 고파 굶어 죽는 백성들을 살리기도 했어요. 박문수는 늘 배고프고 힘든 백성들을 돌보았다고 해요. 하지만 실제로는 암행어사를 나갔던 적이 없대요. 암행어사 박문수에 관한 수많은 이야기들은 박문수를 고맙게 여긴 백성들의 마음이 만들어 낸 것이라고 할 수 있어요.

2 암행어사는 어떤 일을 했을까요?

조선 후기 암행어사였던 박래겸이 쓴 『서수일기』에는 126일간의 평안도 암행어사 기록이 고스란히 적혀 있어요. 『서수일기』에 의하면 암행어사 박래겸은 126일 동안 모두 4,915리※를 이동했는데, 이는 지금 서울에서 부산까지 두 번 오가는 정도의 거리래요. 이렇게 이동 거리가 머니, 힘들어 죽은 어사도 있었다고 하네요.

'암행어사 출두'는 126일 동안 모두 8회, 보름에 한 번 정도 했어요. 가장 힘든 것은 신분을 감쪽같이 숨기는 것이었지만, 때때로 들통이 나서 당황하기도 했다고 해요.

3 암행어사의 상징, 마패!

드라마에서 보면 암행어사들이 "암행어사 출두요!" 하면서 마패를 착 보여 주죠? 사실 마패는 역에서 말을 사용할 수 있다는 증표예요.

마패에 말이 한 마리 그려졌으면 한 마리를, 세 마리 그려졌으면 세 마리를 사용할 수 있다는 뜻이지요. 암행어사는 보통 세 마리의 말이 그려진 마패를 사용했대요.

※ **진휼사** 흉년이 들었을 때에 백성을 돕기 위하여 국가에서 보낸 벼슬아치
※ **리** 거리의 단위. 1리는 약 0.4킬로미터

『홍길동전』

동에 번쩍 서에 번쩍 영웅이 나가신다!

선생님께서 공부 잘하는 친구만 예뻐하신다면, 마음이 어떨까요? 누구나 차별 대우를 받으면 몹시 화가 나고 억울할 거예요. 오늘은 타고난 신분 때문에 차별을 받았던 '홍길동'의 이야기를 살펴보며, 친구들이 홍길동이라면 어떻게 행동했을까 상상해 보기로 해요.

아버지를 아버지라 부르지 못하다

조선 시대의 일이다. 한양(오늘날 서울)에 홍길동이라는 소년이 살았다. 길동의 아버지 '홍 대감'은 높은 벼슬을 지낸 양반이었다. 하지만 어머니는 홍 대감 댁에서 허드렛일을 하는 종이었다. 길동은 서자*이기 때문에 아버지를 아버지라 부르지 못하고 '대감님'이라고 불렀다. 또 홍 대감의 본부인이 낳은 형을 부를 때도 형이라 하지 못하고 '도련님'이라고 불러야 했다.

어머니가 종이라 천한 대접을 받았지만 길동은 어릴 때부터 매우 영리했다. 열 살이 채 되기 전에 책을 줄줄 읽고 하나를 들

※ **서자** 본부인이 아닌 다른 여자가 낳은 아들

43

으면 백을 알 만큼 똑똑했다. 그러나 아무리 뛰어나도 어머니가 종이기 때문에 과거를 볼 수 없었다. 게다가 홍 대감 댁 종들조차 업신여기니, 길동은 몹시 서러웠다.

하루는 길동이 한숨을 내쉬며 말했다.

"대장부*로 태어나 과거를 볼 수 없다면 무술이라도 배워 나라에 공*을 세워야겠다. 그렇게나마 세상에 이름을 남겨야 한다."

그 뒤 길동은 밤낮으로 무술을 갈고닦았다. 길동의 무술 솜씨는 하루가 다르게 늘었다. 눈 깜짝할 사이에 천 리 길을 왔다 갔다 할 수도 있고 신기한 도술도 마음껏 부릴 수 있었다. 몇 년이 지나자 누구도 길동의 무술 솜씨를 따를 수 없었다. 홍 대감도 길동의 남다른 재주를 알아챘다. 하지만 천한 신분이니 어찌할 수 없었다. 그저 마음속으로 안타까워할 뿐이었다.

눈물을 흘리며 집을 떠나다

홍 대감한테는 '곡산댁'이라는 또 다른 첩*이 있었다. 곡산댁은 아이를 낳지 못했다. 그런데 길동의 어머니가 길동을 낳아 홍

❀ **대장부** 건강하고 씩씩한 사내
❀ **공** 공로
❀ **첩** 본부인 외 다른 아내

대감의 사랑을 받자, 곡산댁은 길동의 어머니와 길동을 몹시 미워했다. 곡산댁은 점쟁이와 짜고 길동을 위험에 빠트릴 계획을 세웠다. 그러고는 점쟁이를 집 안으로 끌어들였다. 홍 대감은 낯선 사람이 집 안을 돌아다니는 것을 보고 깜짝 놀라 물었다.

"너는 누구냐? 무슨 일로 내 집에 들어왔느냐?"

"나리, 저는 점쟁이온데 우연히 이 집에 들어오게 되었나이다."

마침 홍 대감은 길동의 앞날을 걱정하던 때라, 점쟁이한테 길동의 관상※을 보라고 말했다.

"이 아이의 앞날은 어떠하냐?"

"아뢰옵기 조심스러우나, 이 소년은 왕이 될 운명이옵니다. 자칫하면 집안에 큰 화를 불러올 수 있습니다."

이 말을 들은 홍 대감은 깜짝 놀라 길동을 산속에 있는 작은 집에 머물게 했다. 곡산댁은 홍 대감이 불안해하는 것을 보고 이렇게 말했다.

"나리, 지난번에 다녀간 점쟁이의 점괘※가 신기할 만큼 정확하다고 합니다. 길동을 하루빨리 없애는 것이 좋을 듯하옵니다."

"어허! 그게 무슨 소리냐? 내가 알아서 할 것이니 너는 가만히

※ **관상** 사람의 얼굴을 보고 그의 운명, 성격, 수명 따위를 판단하는 일
※ **점괘** 점을 친 결과

있어라.”

홍 대감은 큰소리는 쳤으나, 마음은 몹시 무거웠다. 결국 병
이 나 앓아눕고 말았다. 곡산댁은 이 틈을 놓치지 않고 본부인
을 부추겼다.

“대감마님께서 병이 나신 것은 모두 길동이 때문입니다. 길동
이를 죽이면 대감마님의 병은 씻은 듯이 나으실 테고 집안도 편
안할 것입니다.”

본부인은 마음이 아팠지만 곡산댁의 말을 따르기로 했다. 곡
산댁은 자객®을 보내 길동을 죽이려고 했다. 하지만 자객은 길
동의 상대가 되지 못했다. 길동은 뛰어난 무술 실력으로 자객을
거뜬히 물리쳤다. 길동은 천한 신분이라고 무시당하는 것도 억
울한데 목숨까지 위험하니, 몹시 답답했다. 이렇게 사느니 차
라리 집을 떠나는 것이 낫겠다는 생각이 들었다. 길동은 그길로
홍 대감을 찾아가 집을 떠나겠다고 말했다.

“대감마님, 소인® 집을 떠나겠습니다.”

홍 대감은 길동의 말을 듣고 몹시 놀랐다.

“아니, 그게 무슨 소리냐?”

※ **자객** 사람을 몰래 죽이려는 사람
※ **소인** 신분이 낮은 사람이 신분이 높은 사람한테 자신을 낮추어 이르던 말

46

"소인, 아버지를 아버지라 부르지 못하고 형을 형이라 부를 수 없습니다. 또 아무리 글공부를 많이 해도 과거를 볼 수 없습니다. 일찌감치 세상에 나가 소인이 할 수 있는 일을 찾아보겠습니다."

길동이 눈물을 글썽이며 말하자, 홍 대감은 길동의 손을 꼭 잡았다.

"길동아, 네 마음을 잘 알았다. 어디 가서든 몸 건강히 잘 지내거라. 그리고 이제 나를 아버지라 불러도 좋다."

길동은 참았던 눈물을 쏟으며 홍 대감한테 큰절을 올렸다.

"고맙습니다. 아버지! 부디 오래오래 사십시오."

활빈당, 못된 벼슬아치를 혼내 주다

길동은 집을 나와 이리저리 떠돌아다니며 세상 구경을 했다. 그 무렵 백성들은 하루하루 살아가기가 무척 힘들었다. 흉년이 들어 먹을 것이 없어, 굶어 죽는 사람투성이였다. 그런데도 벼슬아치들은 백성들을 돌볼 생각은 하지 않고 제 욕심만 챙기기에 바빴다. 길동은 못된 벼슬아치들을 혼내 주고 힘없는 백성들을 돕는 것이 자기가 할 일이라고 생각했다.

그러던 어느 날, 산길을 걷다가 우연히 한 동굴에 이르렀다.

동굴 안으로 들어가니, 수백 채의 집이 들어서 있고, 무슨 잔칫날인지 많은 사람이 모여 즐기고 있었다. 알고 보니 그곳은 도둑의 소굴이었다. 도둑 가운데 한 사람이 길동의 됨됨이를 알아보고 말을 건넸다.

"당신은 누구시오? 여기에는 영웅들이 모여 있으나, 아직 우두머리를 뽑지 못했소. 당신이 우두머리가 되고 싶다면 저 돌을 들어 보시오."

길동은 이 말을 듣고 돌을 들어 한참을 걷다가 멀리 내던졌다. 그 돌은 무게가 천 근*이었다. 도둑들은 깜짝 놀라 모두 길동한테 무릎을 꿇었다.

"우리 수천 명 가운데 이 돌을 들 수 있는 사람은 아무도 없었습니다. 하늘이 도와 장군을 우리한테 보내 주신 게 틀림없습니다. 부디 우리의 우두머리가 되어 주옵소서."

길동은 이렇게 해서 그들의 우두머리가 되었다. 다음 날부터 길동은 부하들과 함께 무술을 연습했다. 부하들의 무술 실력은 나날이 늘었다. 어느 날, 길동은 부하들을 모아 놓고 말했다.

"이제 우리를 '활빈당'이라고 부릅시다. 활빈당은 못된 벼슬

※ **근** 무게의 단위

아치들을 혼내 주고 가난한 백성들을 돕는 사람들이란 뜻입니다. 어떻습니까?"

부하들은 산이 떠나갈 듯 소리를 질렀다.

"홍길동 만세! 활빈당 만세!"

그즈음 함경도를 다스리는 함경 감사◈가 백성들을 괴롭힌다는 소문이 들려왔다. 길동은 부하들을 이끌고 함경 감사가 사는 곳으로 달려가 성문 밖에서 불을 질렀다.

"불이야! 불!"

포졸들은 불을 끄느라 정신이 없었다. 길동은 그 틈을 타 부하들과 함께 곳간에 쳐들어갔다. 곳간에는 쌀·보리 같은 곡식, 비단, 금은보화 따위가 가득했다.

"이것은 모두 가난한 백성들한테 강제로 빼앗은 것이오. 어서 가져가 백성들한테 돌려줍시다!"

길동과 부하들은 곳간을 털어 재빨리 도망쳤다. 그러고는 마을마다 돌아다니며 가난한 백성들한테 곡식과 재물을 나눠 주었다. 배고픔에 허덕이던 백성들은 눈물을 글썽이며 고마워했다.

"이게 얼마 만에 보는 쌀인지……. 정말 감사합니다."

◈ **감사** 각 도를 다스리는 으뜸 벼슬

길동은 백성들의 손을 마주 잡고 따뜻한 목소리로 말했다.

"저희한테 고마워하실 필요 없습니다. 저희는 그저 못된 벼슬아치가 여러분한테 빼앗아 간 것을 되돌려 드리는 것뿐입니다."

그 뒤로도 길동은 부하들과 함께 못된 벼슬아치들의 곳간을 털어, 가난한 백성들한테 곡식과 재물을 나눠 주었다. 또 가는 곳마다 방*을 크게 써 놓았다.

홍길동과 활빈당이 돈과 곡식을 가져간다!

이제 세 살 먹은 코흘리개부터 팔십 먹은 노인까지 홍길동과 활빈당을 모르는 사람은 아무도 없었다. 백성들은 입을 모아 길동을 칭찬했다.

"홍길동은 우리의 은인*이야."

"그렇고말고. 하늘이 내리신 분이지."

한편 못된 벼슬아치들은 홍길동이란 이름만 들어도 벌벌 떨며 무서워했다.

❋ **방** 어떤 일을 널리 알리기 위해 사람이 많이 다니는 곳에 써 붙인 글
❋ **은인** 자신에게 은혜를 베푼 사람

포도대장※, 홍길동한테 크게 혼나다

홍길동과 활빈당의 이름이 널리 알려질수록 부하들은 길동이 잡혀갈까 봐 걱정이 이만저만이 아니었다.

"온 나라가 활빈당 이야기로 들썩입니다. 장군은 이름까지 밝혔으니 큰 걱정입니다."

"하하하, 걱정 마십시오. 내 재주를 한번 보시겠습니까?"

길동은 껄껄 웃으며 풀을 엮어 허수아비 여덟 개를 만들었다. 길동이 허수아비에다 입김을 훅 불어 넣었더니, 금세 허수아비가 모두 길동으로 바뀌었다. 허수아비들은 전국 팔도※로 흩어졌다. 이때부터 같은 날 여러 곳에 홍길동이 나타났다는 소문이 떠돌았다. 나라가 발칵 뒤집혔다.

"홍길동이 동에 번쩍, 서에 번쩍 한다니 정말이오?"

"그게 사실이라면, 홍길동은 사람이 아니라 귀신이 아니겠소?"

임금도 놀라 포도대장한테 어서 홍길동을 잡아들이라고 명령했다. 포도대장은 눈에 불을 켜고 온 나라를 돌아다녔다. 하지만 도저히 홍길동을 잡을 수 없었다. 그러던 어느 날, 당나귀를 탄 한 아이가 포도대장 앞을 지나가며 중얼거렸다.

※ **포도대장** 옛날에 범죄자를 잡거나 다스리는 일을 맡아보던 포도청의 으뜸 벼슬
※ **팔도** 강원도, 경기도, 경상도, 전라도, 충청도, 평안도, 함경도, 황해도를 통틀어 가리킴

"쯧쯧, 그까짓 홍길동 하나 못 잡아서 쩔쩔매다니, 나라면 당
장 잡을 텐데……."

포도대장은 아이의 말에 귀가 번쩍 뜨였다.

"허허, 참으로 용감한 아이구나. 얘야, 나와 함께 홍길동을
잡으러 가지 않겠느냐?"

"홍길동을 잡으려면 힘이 무척 세야 합니다. 나리께서 그럴 만
한 힘이 있는지 시험해 봐도 되겠습니까?"

"그래? 좋다."

"그럼 저를 따라오십시오."

포도대장은 선뜻 아이를 따라나섰다. 산길을 굽이굽이 돌아 높다란 바위에 이르렀다. 아이가 바위에 털썩 앉으며 말했다.

"자, 발로 저를 차서 아래로 떨어뜨려 보십시오."

포도대장은 코웃음을 치며 아이의 등을 힘껏 걷어찼다. 이게 웬일인가! 아이는 꼼짝하지 않았다. 포도대장은 깜짝 놀라 온 힘을 다해 다시 한 번 아이의 등을 걷어찼다. 아이는 여전히 움 직이지 않았다.

"아니, 이럴 수가! 대단한 장사구나."

아이는 싱긋 웃으며 포도대장한테 말했다.

대단한 장사구나!!!

"저를 떨어뜨리지는 못했지만 힘은 무척 세시군요. 그 정도면 함께 홍길동을 잡으러 가도 괜찮겠습니다."

아이는 포도대장과 함께 더 깊은 산속으로 들어갔다. 아이가 커다란 바위 앞에 멈춰 서서 말했다.

"이곳이 홍길동의 소굴이에요."

그때였다. 칼을 든 사람들이 우르르 몰려나왔다.

"아니, 얘야. 이게 어찌 된 일이냐?"

포도대장은 몹시 놀라 소리쳤다. 하지만 이미 아이는 어디론가 사라지고 없었다. 사람들은 포도대장을 꽁꽁 묶어 꿇어앉혔다. 잠시 뒤 우렁찬 목소리가 들려왔다.

"고개를 들어 나를 보시오. 내가 바로 홍길동이오."

포도대장은 깜짝 놀랐다. 바로 자기를 여기까지 데려온 아이가 홍길동이었던 것이다.

"다시는 나를 잡으려 하지 마시오!"

길동은 포도대장을 크게 꾸짖고 돌려보냈다.

그 뒤 아무도 길동을 잡겠다고 나서지 않자, 임금의 걱정은 커져 갔다.

"홍길동 때문에 온 나라가 뒤숭숭하오. 홍길동을 잡아 올 방법이 정말 없단 말이오?"

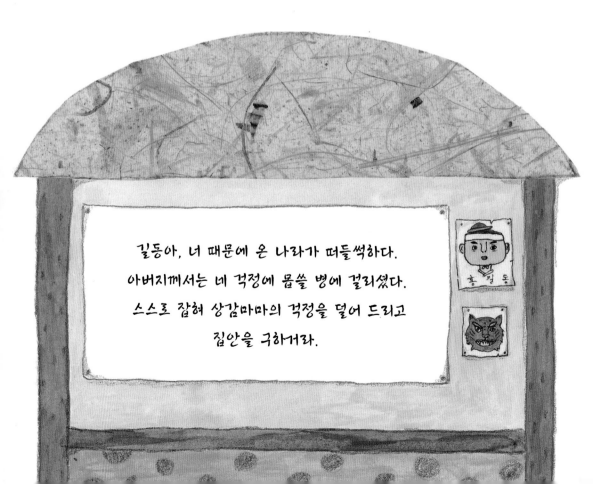

"마마, 홍길동의 아비
홍 대감과 그 형을 다그쳐 잡게
하는 것이 어떻겠사옵니까?"
"좋은 생각이오. 홍길동의 형한테 벼슬을 내리고 1년 안에 홍
길동을 잡아 가두라 하라!"
길동의 형은 제 손으로 동생을 잡아야 하니, 마음이 몹시 무거
웠다. 하지만 신하가 임금의 명령을 거스를 수 없었다. 어쩔 수
없이 여기저기에 길동을 찾는 방을 붙였다.

길동아, 너 때문에 온 나라가 떠들썩하다.
아버지께서는 네 걱정에 몸쓸 병에 걸리셨다.
스스로 잡혀 상감마마의 걱정을 덜어 드리고
집안을 구하거라.

"내가 홍길동이오! 나를 잡아가시오."

길동은 이 방을 보고 스스로 관아를
찾아갔다. 포졸들은 길동을 꽁꽁 묶어 궁
궐로 끌고 갔다. 그런데 이게 웬일인가! 팔도
에서 한 명씩 모두 여덟 명의 길동이 잡혀 온 것이다. 임금은 어
리둥절해하며 물었다.

"누가 진짜 홍길동이냐?"

여덟 명의 길동이 앞다투어 말했다.

"제가 진짜이옵니다."

"아닙니다. 제가 진짜 홍길동이옵니다."

임금과 신하들은 어쩔 줄 몰라 했다. 그때 여덟 명의 길동이
입을 모아 말했다.

"마마, 저는 몹쓸 벼슬아치들을 혼내 주었을 뿐 결코 백성들
을 괴롭히지 않았습니다. 아무 잘못이 없사오니, 저를 잡으라

는 명령을 거두어 주시옵소서."

그러고는 한꺼번에 풀썩 쓰러지더니 모두 허수아비로 바뀌었다.

번번이 홍길동을 잡지 못하자, 임금은 걱정이 태산 같았다.

"어허, 이 일을 어떡하면 좋단 말이오? 홍길동을 잡을 방법이 없는 것이오?"

그때 한 신하가 조심스럽게 말했다.

"마마, 한 가지 방법이 있사옵니다."

"오, 그게 무엇이오?"

"방을 붙여 홍길동한테 높은 벼슬을 내린다고 알리십시오. 홍길동이 궁궐로 들어오면 그때 군사들을 풀어 붙잡으면 되지 않겠습니까?"

"옳거니! 당장 그렇게 하시오."

곧 온 나라에 방이 붙었다.

> 홍길동을 병조 판서*로 삼을 것이니,
> 어서 궁궐로 들어오너라.

※ **병조 판서** 조선 시대에 군사를 맡았던 으뜸 벼슬

며칠 뒤 길동은 병조 판서의 옷을 갖춰 입고 궁궐로 들어갔다. 임금께 큰절을 올리며 말했다.

"보잘것없는 저한테 이렇게 높은 벼슬을 내려 주시니 정말 감사합니다. 마마의 큰 은혜를 입어 마침내 벼슬을 해 보고 싶던 소원을 풀었습니다. 이제 이 나라를 떠나려 하니, 마마께서는 부디 만수무강※하옵소서."

길동은 말을 마치더니, 순식간에 하늘로 날아올라 흔적도 없이 사라졌다. 이것을 본 임금은 길동의 재주를 안타까워하며 말했다.

"홍길동은 평범한 인물이 아니다. 스스로 떠난다고 했으니, 더 이상 나라가 시끄럽지 않을 것이다. 오늘부터 홍길동을 잡는 일을 멈추거라."

※ **만수무강** 아무 탈 없이 아주 오래 삶

율도국의 왕이 되다

길동은 부하들이 있는 소굴로 돌아와,

"다녀올 곳이 있으니, 아무 데도 가지 마십시오."

라고 말했다. 그러고는 구름을 타고 중국의 '난징'이라는 곳으로 향했다. 난징에 가기 전에 눈길을 끄는 곳이 있어 둘러보니 '율도국'이라는 곳이었다. 경치가 아름답고 논밭이 기름져 사람이 살기에 그만이었다. 길동은 훗날 이곳에 살기로 마음먹었다.

얼마 뒤, 길동은 부하들과 함께 큰 배에 올라탔다. 길동은 난징 땅 가까이에 있는 여러 섬 가운데 하나를 골라 수천 채

의 집을 짓고 농사짓기에 힘썼다. 또 부하들을 열심히 훈련시켰
다. 얼마 지나지 않아 군사와 곡식이 넉넉하게 되었다.

　그러던 어느 날, 길동은 우연히 요괴한테 잡혀간 백룡 부부의
딸 이야기를 들었다. 백룡 부부는 누구든 딸을 구해 오면 재산
의 반을 주고 사위로 삼겠다고 약속했다. 길동은 요괴를 물리
치고 백룡의 딸을 아내로 삼았다. 그 뒤 길동은 부하들과 함께
율도국 태수※를 쳐 율도국의 왕이 되었다. 길동이 백성들을 따
뜻하게 보살피고 나라를 잘 다스리니, 온 나라가 평화로웠다.

※ **태수** 고을을 다스리는 벼슬아치

『홍길동전』

1 홍길동이 실제 있었다고요?!

『홍길동전』의 주인공 홍길동은 실제 살았던 인물이래요. 왕실에서 있었던 일을 기록해 놓은 『조선왕조실록』 중 연산군 6년에 '홍길동을 잡았다.'는 글이 있거든요. 기록에 따르면 홍길동은 양반 집안의 서자로, 집에서 도망 나와 도적 떼의 우두머리가 되었다고 해요. 충청도 지방에서 주로 활동했으며, 대낮에는 높은 벼슬아치의 옷을 입고 관청에 버젓이 드나들었다는 기록도 있지요.

2 『홍길동전』을 지은 허균은 어떤 사람일까요?

『홍길동전』의 작가 허균(1569~1618)은 광해군 때 글로 유명한 집안의 자손이었어요. 뛰어난 글쓰기 실력으로 이름이 높았지만, 어지러운 정치 상황 때문에 고난이 많았던 인물이기도 했답니다. 결국 왕을 배신하려고 한다는 누명을 쓰고, 고문을 받다가 죽고 말았지요.

허균은 사람을 사귀는 데 구별이 없어서 서자들과도 거리낌 없이 어울렸다고 해요. 그는 『홍길동전』을 통해서 백성들을 못살게 구는 탐관오리⁂들의 문제점을 꼬집고, 서자를 차별하는 것을 비판⁂하고자 했지요.

3 홍길동 같은 의적⁂은 또 누가 있을까요?

흔히 조선의 3대 의적으로 홍길동, 임꺽정, 장길산을 꼽아요. 임꺽정은 조선 중기 명종 때 백정⁂으로, 그와 뜻을 같이 하는 상인·대장장이·노비 등과 함께 활동했지요. 임꺽정은 관청이나 부자 양반의 집을 쳐들어가서 백성들로부터 거둬들인 재물을 도로 가져갔어요. 백성들은 임꺽정이 잡힐까 봐 숨겨 주기도 했대요. 장길산은 조선 후기 숙종 때의 도둑 우두머리예요. 본래 광대 출신이었으나 황해도 일대에서 무리를 모아 도둑의 우두머리가 되었지요. 궁에서는 그를 잡으려고 온갖 방법을 다 썼지만 번번이 실패했대요.

⁂ **탐관오리** 백성의 재물을 탐내어 빼앗는, 행실이 깨끗하지 못한 관리
⁂ **비판** 사물의 옳고 그름을 가리어 판단하거나 밝힘
⁂ **의적** 탐관오리들의 재물을 훔쳐다가 가난한 사람을 도와주는 의로운 도적
⁂ **백정** 소나 개, 돼지 따위를 잡는 일을 직업으로 하는 사람

『조웅전』
조웅, 위기에 빠진 나라를 구하다!

큰일 났어요! '송나라'가 위험에 빠졌대요. 못된 신하가 황제의 자리
에 올랐거든요. 그래도 다행인 건 송나라에는 멋진 '조웅'이 있다는
사실! 조웅이 어떻게 나라를 구하는지 함께 지켜볼까요?

충신의 아들

송나라 문제 황제 때, '조정인'
이라는 충신*이 있었다. 조정인은 나라가 어
지러워질 때마다 앞장서 해결한 인물이었다. 문제는 조
정인의 충성심을 높이 사서 그에게 높은 벼슬을 주었다.

그러나 간신*이었던 '이두병'이 조정인을 질투하여 그를 험담
하는 글을 문제에게 올렸다. 조정인은 치미는 화를 이기지 못하
고 스스로 목숨을 끊었다. 평소 조정인을 아끼던 문제의 슬픔
은 크고도 깊었다.

"허어, 곁에 두고 오래도록 함께하고 싶었는데……."

문제는 때때로 조정인의 묘를 찾으며 아쉬움을 달랬다.

※ **충신** 나라와 임금을 위하여 충성을 다하는 신하
※ **간신** 나쁜 꾀가 있어 거짓으로 임금의 비위를 맞추는 신하

그로부터 석 달이 지나 조정인의 부인인 '왕씨 부인'이 유복자◈
를 낳으니 그 이름을 '웅'이라 했다. 이 소식을 들은 문제는 조웅
이 자라는 모습을 지켜보리라 마음먹었다.

조웅은 자랄수록 남다른 재주와 슬기를 보였다. 조웅의 나이
가 일곱 살이 되었을 때는 그 총명함이 어른 못지않았다. 조웅
을 궁궐에 불러 마주한 문제는 흐뭇하게 말했다.

"충신의 아들은 충신이라 하였다. 내가 아끼던 조정인의 모습
을 꼭 빼닮았구나."

그리고 조웅과 동갑인 태자◈를 돌아보며 일렀다.

"저 아이는 충신의 아들이고 마침 너와 동갑이니라. 이제부터
궁궐에 함께 머물게 할 터이니 어울려 벗하며 나라의 앞일을 함
께 그려 보거라."

이를 듣고 조웅이 엎드려 아뢰었다.

"저같이 평범한 소년이 어찌 궁궐 안에 머물겠사옵니까? 또한
제 나이가 아직 어려서 학문과 지혜가 모자라옵니다. 부디 뒷날
다시 태자마마를 뵙게 하여 주소서."

문제가 조웅의 이야기를 듣고 고개를 끄덕였다.

◈ **유복자** 태어나기 전에 아버지를 여읜 자식
◈ **태자** 황제의 자리를 이을, 황제의 아들

"옳은 말이다. 네가 열세 살이 되거든 벼슬을 내릴 터이니, 그 때까지 학문에 힘쓰거라."

아버지의 원수 이두병

한편, 조정인을 죽음에 이르게 한 이두병은 그 일로 벼슬자리에서 쫓겨났다가 용서를 받아 다시 승상의 자리에 올랐다. 이두병에게는 다섯 아들이 있었는데 그들 모두가 높은 벼슬에 오르니, 이두병 가족의 힘은 나는 새도 떨어뜨릴※ 만하였다. 그러나 이두병에게도 근심이 있었다. 문제가 조웅을 아껴 그가 벼슬에 오르면, 자신의 집안에 해가 닥칠지도 모른다는 것이었다. 이두병은 호시탐탐※ 조웅을 내칠 궁리를 하고 있었다.

왕씨 부인은 어린 아들이 황제의 사랑을 받으니 무척 대견하였다. 하지만 벼슬에 오르면 간신들 사이에서 억울한 일을 당하지 않을까 걱정이 이만저만이 아니었다. 왕씨 부인의 근심을 헤아린 조웅이 의젓하게 말했다.

"어머니, 사람이 죽고 사는 것은 하늘에 달려 있습니다. 자식이 부모의 원수를 눈앞에 두고 숨기를 바란다는 것은 있을 수 없는 일

※ **나는 새도 떨어뜨린다** 힘이 대단하여 모든 일을 제 마음대로 할 수 있는 상태를 이르는 말
※ **호시탐탐** 남의 것을 빼앗기 위하여 기회를 엿봄

아니옵니까? 다 생각이 있사오니 어머니는 아무 염려 마옵소서."

이듬해 문제가 어린 태자만 남기고 병으로 세상을 떠났다. 이두병은 신하들과 짜고 여덟 살 된 태자를 외딴섬으로 귀양※ 보낸 뒤, 스스로 황제의 자리에 올랐다. 왕씨 부인은 이두병이 황제가 되자 언제 죽임을 당할지 모른다는 두려움에 날마다 한숨이었다.

이 모습을 보는 조웅의 마음은 분노로 가득 차올랐다. 결국 조웅은 왕씨 부인 몰래 궁궐 정문에 이두병을 욕하는 글귀를 써 붙였다. 그러나 곧 이두병에게 이 사실이 알려지고, 조웅과 왕씨 부인은 쫓기는 신세가 되었다.

신분을 숨기고 떠돌다

황제가 된 이두병의 무리에게 쫓기던 조웅과 왕씨 부인은 하루하루가 여간 불안하지 않았다. 하루는 왕씨 부인이 조웅에게 말했다.

"웅아, 이러다가는 곧 이두병의 눈에 띄겠구나. 내가 머리를 깎고 중이 되어 사람들의 눈을 속이는 게 어떻겠느냐?"

조웅이 그 말을 듣고 옳다고 여겨 어머니의 머리를 깎으니, 두

※ **귀양** 죄인을 먼 시골이나 섬으로 보내어 정해진 곳에서만 살게 하던 벌

사람의 눈물이 하염없었다.

　어느덧 세월이 흘러 조웅의 나이 열한 살이 되었다. 정처 없이
떠돌던 조웅과 왕씨 부인은 사람의 발길이 드문 산골짜기에서
한 무리의 중들을 만났다. 그중 한 사람이 왕씨 부인을 보고 반
가워하며 말했다.

　"조정인 나리의 초상화를 그리던 '월경'입니다. 저를 모르시
나이까?"

　왕씨 부인이 가만히 보니 과연 지난날 알고 지내던 월경 대사
였다. 조웅 모자는 월경 대사가 이끄는 대로 따라가 '강선암'에

머물렀다. 조웅은 월경 대사에게 글을 배우고 신통한 도술도 익혀, 지혜와 무예가 하루가 다르게 성장했다.

무럭무럭 자란 조웅은 건장한 청년이 되었다. 조웅이 왕씨 부인과 월경 대사에게 말했다.

"제 나이 열다섯입니다. 남자가 한곳에서 늙어 죽을 수는 없는 법. 잠시 세상 구경을 하고 오겠습니다."

조웅은 염려하는 왕씨 부인을 뒤로하고 강선암을 떠났다.

철관 도사와의 만남

시간이 흘러 조웅이 세상에 나온 지 반년이 지났다. 조웅은 어떤 도사를 만났는데, 그는 삼 척※이나 되는 검을 지니고 있었다. 조웅은 삼척검을 가지고 싶은 마음이 간절하여 도사의 주위를 며칠이나 서성였다. 조웅을 가만히 지켜보던 도사는 어느 날 조웅에게 삼척검을 내밀었다. 조웅이 반가워하며 받아 들고 살피니, 검 가운데 '조웅검'이라 새겨져 있지 않은가!

"삼척검은 그대의 보물이지요. 나는 잠시 지니고 있었을 따름이오. 삼척검을 가지고 남쪽으로 700리를 가시오. '관산'이라

※ **척** 길이의 단위. 1척은 약 30.3센티미터

는 산에서 '철관 도사'가 그대를 기다리고 있
을 것이오."

조웅이 도사의 말대로 부지런히 길을 떠나 관
산에 다다르니 과연 철관 도사가 자신을 기다리고 있었다.

조웅은 그곳에 머물며 철관 도사에게 학문과 무술을 배웠다.

하루는 해가 서쪽으로 질 무렵 별안간 땅을 뒤흔드는 소리가 들
렸다. 조웅이 깜짝 놀라 철관 도사에게 물으니 도사가 대답했다.

"내 집에 말이 한 마리 있는데 자랄수록 난폭해지네. 사람이 다
가갈 수 없을 정도로 사납게 괴성을 질러 대니 근심이구먼."

조웅이 소리가 나는 곳으로 다가가니, 높은 절벽을 나는 듯이 오르내리는 말이 보였다. 그런데 그토록 사납던 말이 조웅 앞에서 공손하게 머리를 조아렸다.

"허허, 이제야 말 주인을 찾았도다. 오늘 그대에게 이 천리마※를 전하게 되어 기쁘고 다행일세."

말을 받은 조웅은 철관 도사에게 잠시 강선암에 들르는 것을 허락받고 길을 떠났다.

사랑에 빠진 조웅과 장 소저※

천리마를 타고 강선암으로 가는 도중에 조웅은 경치가 아름다운 어느 마을에 이르렀다. 잠시 이 마을에 쉬었다

※ **천리마** 하루에 1,000리를 달릴 수 있을 정도로 좋은 말
※ **소저** '아가씨'를 한문 투로 이르는 말

가기로 하고 한 객점*에 들었다. 원래 이 집은 위나라 사람 '장 진사'의 집이었는데 진사는 일찍 죽고 부인과 그 딸이 살고 있었다. 조웅은 객점에 들자마자 장 소저의 아름다운 모습에 넋을 잃고 말았다. 장 소저 또한 조웅의 듬직함에 마음이 흔들렸다. 장 소저와 사랑을 속삭이느라 시간 가는 줄 모르던 조웅은 문득 어머니 생각이 났다. 조웅이 장 소저에게 말했다.

"내가 어머니를 먼 곳에 홀로 두고 떠난 지 3년이오. 더는 머물 수 없을 듯하니, 내 서둘러 다녀오리다."

그리고 손에 든 부채에 정성껏 글귀를 적어 장 소저에게 남기고 길을 떠났다. 천리마를 달려 강선암에 다다른 조웅은 3년 만에 만난 어머니 앞에 큰절을 올렸다.

"이렇게 다시 너를 만나니 꿈만 같구나."

그러고는 조웅의 검과 말을 보고 물었다.

"이게 웬 것들이냐?"

조웅이 삼척검과 천리마를 얻게 된 기이한 사연을 말하자 왕씨 부인과 월경 대사는 놀라움과 흐뭇함을 감추지 못했다. 강선암은 조웅을 환영하는 잔치로 며칠 동안 떠들썩하였다.

※ **객점** 옛날에 오가는 손님들이 음식을 사 먹거나 쉬던 집

다시 얼마간의 시간이 흘렀다. 하루는 왕씨 부인이 조웅을 앉혀 놓고 한숨을 쉬며 말했다.

"네 나이 벌써 열여섯인데 아직 마땅한 짝을 만나지 못하고 숨어 사는 처지니 이 일을 어쩌면 좋으냐?"

"어머니, 실은 제가 어머니를 떠나 있던 중에 혼인을 약속한 여인이 있습니다."

그리고 장 소저와 인연을 맺게 된 사연을 아뢰었다. 아들의 이야기를 들은 왕씨 부인은 조웅의 손을 잡고 기뻐하며 말했다.

"직접 장 소저를 보지 못했으나, 과연 네 짝이 틀림없는 듯하구나."

그러던 어느 날, 월경 대사가 조웅의 얼굴을 보고 근심하며 말했다.

"장 소저에게 나쁜 일이 닥쳤으니 이것을 가지고 가 빨리 구하도록 하게."

조웅은 월경 대사가 건넨 알약 세 알을 품고 장 소저의 집으로 갔다. 조웅에 대한 그리움이 날로 깊어져 앓아누웠던 장 소저는 그 약을 먹고 씻은 듯이 나았다. 조웅은 장 소저의 어머니 앞에 무릎을 꿇고 그동안의 일을 말한 뒤, 약속의 의미로 구슬 한 쌍을 남기고 또다시 관산으로 갔다.

원수를 갚다

조웅이 철관 도사에게 가르침을 받으며 더욱더 몸과 마음을 갈고닦던 어느 날이었다. 철관 도사가 조웅에게 말했다.

"곧 어지러운 시절이 닥칠 것이다. 지금 '서번'의 군대가 '위나라'를 치고 연이어 송나라를 공격하려 한다. 네가 큰 공을 세우거라. 반드시 위나라를 돕고 송나라를 지켜라."

조웅은 서둘러 위나라로 갔다. 위나라 군대는 서번의 군대에게 거듭 지고 있었다. 조웅이 나서서 전쟁을 승리로 이끌고 위나라 왕을 구출하고 보니, 그는 아버지 조정인의 어릴 적 친구였다.

전쟁에서 큰 공을 세운 조웅은 위나라 대원수*의 벼슬에 올랐다. 조웅은 혼란스러운 송나라를 바로잡아야겠다고 생각했다. 그러려면 가장 먼저, 귀양을 가 있는 태자를 구해야 했다. 조웅은 위나라 왕에게 송나라의 태자를 구출하려 하니 도와 달라고 했다. 위나라 왕은 여러 장수들을 조웅에게 내주었다.

그 무렵 이두병은 태자의 목숨을 빼앗기로 마음을 먹고, 태자에게 사약*을 내렸다. 이두병이 보낸 사약을 태자가 마시려는 순간, 조웅과 장수들이 섬에 도착하여 태자는 아슬아슬하게 목

※ **대원수** 군대 전체를 이끄는 대장
※ **사약** 먹으면 죽는 약

숨을 건졌다.

"내 아버지가 그대를 귀히 보았거늘, 과연 오늘날 그대가 내 목숨을 구했도다."

위나라로 돌아온 조웅은 위나라 왕의 간곡한 부탁으로 태자와 함께 왕의 두 딸을 각각 부인으로 맞았다. 소식을 들은 장 소저도 싫은 기색 하나 없이 기뻐하였다.

얼마 뒤 조웅은 다시 '학산'으로 가라는 철관 대사의 말에 길을 나섰다. 그리고 그곳에서 수많은 병사들에게 붙잡혀 있는 이두병을 보았다. 아버지의 원수를 눈앞에서 보니 조웅은 화를 참을 길이 없었다. 냅다 달려가 이두병의 목을 쳤으나 그것은 허수아비였다.

"도대체 누가 이 같은 것을 만들었단 말인가?"

알고 보니 이 허수아비를 만든 건 이두병의 나쁜 행동들을 참지 못한 의병*들이었다. 의병들은 그동안의 일을 알고 조웅을 따르기로 하였다. 그리고 굳게 마음을 먹고 조웅과 함께 이두병을 치러 떠났다.

조웅의 무리가 자신을 치러 온다는 소문을 들은 이두병의 마

---

* **의병** 나라를 지키려고 백성들이 스스로 꾸린 군대

음은 불안하기 짝이 없었다.

"감히 황제를 치려 하다니! 당장 그들의 목을 베라!"

그러나 기세등등한 조웅의 군대 앞에 이두병의 군대는 싸우는 족족 지고 말았다. 백성들 또한 조웅이 이두병을 몰아내고 송나라 황실을 지켜 내기를 원했다. 이두병은 마지막으로 80만의 대군으로 조웅의 무리들을 무찌르고자 했다. 그러나 조웅의 군대는 80만 대군을 물리치고 이두병과 다섯 아들을 붙잡아 항복을 받아 냈다.

이렇게 나라의 평화를 되찾은 조웅은 온 백성의 사랑을 한 몸에 받으며 어진 정치를 펼쳤다. 그 뒤로도 장 소저와 더불어 오래오래 부귀영화※를 누렸다 한다.

※ **부귀영화** 재산이 많고 지위가 높으며 귀하게 되어 온갖 영광을 누림

『조웅전』

1 전쟁터의 영웅 이야기, 군담 소설!

조웅전은 **군담(軍**군사 군 **談**말씀 담**) 소설**이에요. 군담 소설이란 전쟁을 배경으로 한 영웅의 이야기지요. 군담 소설들은 몇 가지 특징적인 공통점이 있어요. 먼저, 주인공은 이름난 집안에서 귀하게 얻은 자식이고, 신비로운 탄생 이야기를 갖고 있어요. 또 어려서부터 많은 고난을 겪다가 결국 나라를 구하고, 그 공으로 높은 벼슬을 받은 뒤 어여쁜 여인을 만나 혼인하지요. 군담 소설은 주인공의 신비한 탄생과 고난을 이겨 내는 이야기를 담았다는 점에서 영웅 소설※과도 비슷한 점이 많답니다.

군담 소설은 대체로 전쟁을 겪은 뒤 많이 나왔어요. 영웅이 나타나 나라를 편안하게 해 주길 바랐던 백성들의 마음이 이야기로 나타난 것이죠.

2 나라를 지킨 영웅, 조웅을 만나다! - 조웅과의 인터뷰

반갑습니다, 조웅 씨! 만나면 꼭 물어보고 싶은 게 있었어요. 조웅 씨가 나오는 『조웅전』만의 특별한 자랑거리가 있나요?

안녕하세요. 흠흠, 제가 나와서 그런 건 아니지만, 이 소설의 자랑거리야 많죠. 우선 『조웅전』은 사건들이 아주 현실적입니다. 비현실적인 사건들이 많은 다른 군담 소설들과 달리, 제가 겪은 사건들은 언제 어디서든 일어날 수 있는 일들이라 훨씬 생생하게 와 닿죠. 그리고 무엇보다 큰 특징은…….

제 입으로 말하자니 부끄럽지만, 보시다시피 제가 좀 잘생겼잖아요. 그래서 장 소저라는 아가씨가 저를 참 많이 좋아했답니다. 『조웅전』에는 우리의 사랑이 아름답게 표현되어 있지요.

하하. 그렇군요. 그런데 조웅 씨는 다른 군담 소설의 주인공처럼 특별한 출생 이야기가 없는데, 그게 아쉽지는 않나요?

아니죠. 저처럼 평범한 사람도 나라를 위해 몸을 바치고 상도 받을 수 있단 걸 보여 줬으니, 이 이야기를 들은 백성들도 자신감을 갖지 않겠어요?

오호라, 그 말씀도 맞네요. 오늘 조웅 씨를 만나서 좋은 얘기 많이 듣고 갑니다. 감사합니다.

❋ **영웅 소설** 우리나라 고전 소설 갈래의 하나로 주인공의 영웅적 삶을 그린 소설

「만파식적 설화」 피리로 거센 물결을 잠재우다

"삘릴리 삘리리리~" 이게 무슨 소리냐고요? 나라의 재앙은 물론 세상의 모든
걱정을 잠재우는 아주 특별한 피리 소리예요. 오늘 이야기에서 그 신비한 피리를
만날 수 있지요. 그럼 이야기를 시작해 볼까요?

죽어서도 동해를 지키리라

아주 먼 옛날, 신라 제31대 왕인 신문왕이 아직 왕위에 오르기
전의 일이다.

신문왕의 아버지 문무왕은 백제를 무너뜨린 아버지 무열왕의
뒤를 이어, 고구려를 멸망시켰다. 그리고 당나라 군대까지 몰아
내 마침내 삼국 통일을 이루었다. 문무왕은 긴 전쟁 끝에 힘겹게
일궈 낸 통일 왕국을 오래도록 지키고 싶었다.

"나라의 운명은 모두 하늘의 뜻에 달렸다. 하늘의 보살핌 없이 어떻게 나라가 평화로울 수 있겠는가? 하늘에 계신 부처님의 힘으로 통일된 이 나라를 지켜야겠다."

문무왕은 이 간절한 바람을 담아 바닷가에 절을 짓기 시작했다. 하지만 안타깝게도 절이 완성되는 모습을 보지 못하고 눈을 감고 말았다. 문무왕은 자신이 통일을 이룬 나라를 죽어서도 지키고 싶었다. 그래서 마지막으로 이런 유언을 남겼다.

"나는 죽은 뒤에도 동해의 용이 되어 나라를 지킬 것이다. 그러니 내가 죽으면 불교의 가르침에 따라 내 몸을 불태워, 동해 가운데 있는 큰 바위 밑에 묻거라."

신라 왕실에서는 문무왕의 유언을 받들어, 문무왕의 뼛가루를 동해 가운데 있는 바위 밑에 뿌렸다. 이 바위가 바로 경주 앞바다에 있는 문무 대왕릉, 대왕암이다.

아버지의 뜻을 받들어

문무왕의 뒤를 이어 왕위에 오른 임금이 바로 신문왕이었다.

신문왕은 아버지를 여읜 슬픔을 가슴에 묻고 마음을 굳게 다

잡았다. 할아버지 무열왕과 아버지 문무왕이 이루어 낸 통일 왕
국을 더욱 강하게 지키기 위해서였다.

"우선 아버지가 못다 이룬 꿈부터 이뤄 드려야겠다."

신문왕은 문무왕이 나라를 지키기 위해 세우기 시작한 절의
공사를 서둘렀다. 그리고 얼마 뒤 마침내 문무 대왕릉과 멀지
않은 곳에 절이 세워졌다.

"드디어 아버지의 간절한 바람이 담긴 절이 완성됐구나!"

신문왕은 크게 기뻐하며, 절의 이름을 무엇으로 지을까 고민
했다. 그때, 고민하던 신문왕의 머릿속에 번쩍 떠오르는 이름이
있었다.

"이 절의 이름을 '감은사'라 부르겠다. 세상을 떠난 뒤에도 나
라를 지키려는 문무 대왕의 은혜에 감사한다는 뜻이니라."

나라를 지키는 보물

감은사가 세워진 뒤, 신문왕은 나라의 기틀을 잡고자 더욱 마음을 다해 노력했다. 그 덕분에 오랜 전쟁으로 어수선하던 신라는 점차 안정을 되찾아 가고 있었다

그러던 어느 날, 신문왕이 왕위에 오른 지 두 해째 되는 5월이었다. 동쪽 바다를 지키던 신하 박숙청이 매우 급히 신문왕을 찾아왔다.

"임금님, 지금 동쪽 바닷가에서 신기한 일이 벌어지고 있습니다."

"무슨 일이기에 이리 소란이냐?"

신문왕이 다그치자, 박숙청은 자신이 본 것을 얘기했다.

"바다 한가운데 작은 섬이 떠서 감은사 쪽으로 다가오고 있습니다."

"무엇이라고? 감은사는 아버님의 은혜를 기리기 위해 완성한 절이지 않느냐?"

신문왕은 이상한 마음이 들었다. 그래서 하늘의 움직임을 관찰하며 나라의 미래를 점치는 신하 김춘질을 불렀다.

"바다에 작은 섬이 떠서 감은사 쪽으로 오고 있다는데, 앞으로 우리 신라에 어떤 일이 벌어질지 점쳐 보거라."

신문왕의 말에 잠시 눈을 감고 생각에 잠겨 있던 김춘질이 곧 입을 열었다.

"임금님, 이것은 우리 신라에 매우 경사스러운 일입니다."

"경사스러운 일이라고? 궁금하구나. 어서 말해 보아라."

"돌아가신 문무왕께서 지금 바다의 큰 용이 되어서 나라를 지키고 계십니다. 그뿐만 아니라 김유신 장군도 하늘의 신이 되어 나라를 지켜 주고 계시지요. 이제 두 어른이 뜻을 같이해서 나라를 지킬 보물을 보내 주려 하십니다. 임금님께서 직접 바닷가로 나가서 그 보물을 맞으십시오."

"나라를 지켜 주는 보물을?"

"네, 분명 값을 매길 수 없는 큰 보물을 얻으실 것입니다."

매우 귀한 보물을 얻게 된다는 말을 들은 신문왕은 들뜬 마음을 감출 수가 없었다. 그래서 바로 신하들을 이끌고 동쪽 바닷가로 향했다.

두 그루에서 한 그루로

신문왕은 바닷가에 서서 신기한 섬을 살펴보았다. 섬의 모양은 마치 거북의 머리처럼 보였다. 또 신비한 기운이 섬을 맴돌고 있었다. 그런데 자세히 보니까 섬 가운데에 대나무 한 그루가서 있는 것이다. 이를 신기하게 여긴 신문왕이 곁에 있던 신하들에게 물었다.

"저것은 대나무가 아니냐?"

"그런 것 같습니다."

함께 온 신하들도 고개를 길게 빼고 대나무를 보았다. 그때, 대나무를 살펴보던 신하 하나가 말했다.

"임금님, 자세히 보니 대나무가 한 그루가 아니라 두 그루입니다!"

과연 곧게 뻗은 대나무는 한 그루가 아니라 두 그루였다.

신문왕과 신하들은 그 뒤로도 한참 동안 자리를 뜰 수 없었다. 문무왕과 김유신 장군이 보내 준다는 보물이 궁금했기 때문이다.

어느덧 해가 뉘엿뉘엿 지고, 바닷가는 금세 깜깜한 세상으로 변해 버렸다. 그때, 횃불을 들고 섬을 지켜보던 신하 하나가 들뜬 목소리로 소리쳤다.

"임금님! 대나무가 한 그루로 합쳐졌습니다!"

모두의 눈길이 섬 가운데의 대나무에 닿았다. 낮에는 분명 두 그루였던 대나무가 한 그루로 합쳐져 있었다.

"신기한 일이다! 틀림없이 저 대나무는 보통 나무가 아닐 거야."

용이 건네준 보물

신문왕은 직접 섬으로 들어가기로 마음먹었다. 그런데 갑자기 고요하던 바다가 출렁이고 파도가 높아지더니 큰비가 쏟아지기 시작했다. 신문왕과 신하들은 궂은 날씨 탓에 배를 띄우지 못하고 날이 개기만을 기다릴 수밖에 없었다.

마침내 9일째 되는 날 바다가 잔잔해졌다. 신문왕은 서둘러 섬으로 들어갔다. 그러자 고요하던 바다가 또다시 출렁이더니 바닷속에서 시커먼 그림자가 움직이기 시작했다. 그리고 곧 큰 물결이 일며 용이 바다를 뚫고 나왔다.

"아, 저것은 용이 아닌가!"

신하들은 눈앞에 벌어지는 광경을 보면서도 자신들의 눈을 믿지 못했다. 바다에서 나온 용은 신문왕에게 검은 옥대*를 바쳤다. 신문왕은 옥대를 받고서 용에게 물었다.

"대나무가 둘이었다가 하나로 합쳐진 까닭이 무엇이오?"

"한 손으로 치면 소리가 나지 않고, 두 손을 마주쳐야 소리가 나는 법입니다. 이 대나무도 합쳐진 뒤에야 소리가 나도록 되어 있습니다. 이것은 훌륭하신 임금님께서 소리로써 세상을 다스

❊ **옥대** 임금이나 관리의 옷에 두르던 옥으로 장식한 띠

리게 될 기쁜 징조※입니다. 이 대나무를 가져가서 피리를 만들어 불어 보십시오. 그러면 온 세상이 평화로워질 것입니다."

말을 마친 용은 큰 소리를 내며 바다 아래로 사라졌다. 신문왕은 아버지 문무왕이 유언대로 바다를 지키는 용이 되었다고 생각해 오래도록 바닷가를 떠나지 못했다.

거센 물결도 잠자게 하는 피리

신문왕은 곧 마음을 다잡고 신하들을 시켜 조심스럽게 대나무를 베게 했다. 그리고 정성스럽게 궁으로 가져와, 나라에서 가장 솜씨가 좋은 장인※에게 피리를 만들게 했다.

마침내 피리가 완성되었다. 피리 소리는 이 세상의 소리가 아닌 듯 신비롭고 아름다웠다. 또 이 피리는 놀라운 힘을 가지고 있었다. 날이 가물어 흉년이 될 것 같을 때 피리를 불면 비가 내리고, 장마가 계속되어 농부들의 한숨이 깊을 때 피리를 불면 비가 그쳤다. 피리는 바람을 가라앉히고 물결을 잠재우기도 했다. 그뿐만이 아니라, 적군이 쳐들어와 나라가 위험할 때 피리 소리가 울려 퍼지면 나라에 평화가 찾아왔다. 또 무서운 전염병

※ **징조** 어떤 일이 생길 기미
※ **장인** 손으로 물건을 만드는 일을 하는 사람

이 돌 때도 피리 소리에 병이 물러갔다.

"과연 나라를 지키는 보물이로구나."

신문왕은 이 신비로운 피리의 이름을 '거센 물결도 잠자게 하
는 피리'라는 뜻으로 '만파식적'이라 지어 부르고, 나라의 보물
로 삼아 소중히 보관했다.

「만파식적 설화」

1 나라를 지키는 상징물이 또 뭐가 있을까요?

✽ 낙랑 - 자명고

고구려 제3대 대무신왕의 아들, 호동 왕자는 이웃 나라 낙랑을 멸망시킬 계획을 갖고 있었어요. 그러던 중 호동 왕자는 우연히 낙랑 공주를 만나 사랑에 빠지고 말았지요. 어느 날, 호동 왕자는 낙랑 공주에게 이렇게 말했어요.

"그대가 낙랑의 자명고를 찢어 준다면, 나는 그대를 믿고 평생 사랑하겠소."

자명고는 나라에 적이 쳐들어오면 스스로 우는 낙랑의 신비한 북이었어요. 호동 왕자를 진심으로 사랑했던 낙랑 공주는 자명고를 찢어 버렸지요. 그 소식을 들은 호동 왕자는 곧바로 낙랑을 공격했어요. 낙랑 왕은 나라를 배반한 낙랑 공주를 죽인 뒤, 결국 고구려에 항복하고 말았답니다.

🔆 신라 - 연오랑 세오녀의 비단

아주 먼 옛날, 신라 시대의 일이에요. 동해 바닷가에 사이좋은 부부가 살고 있었어요. 남편은 연오랑, 부인은 세오녀였지요.

어느 날 연오랑이 바다에 나가 미역을 따고 있는데, 갑자기 어떤 바위가 나타나 연오랑을 싣고 일본으로 가는 것이었어요. 바위에 실려 온 그를 본 일본 사람들은 특별한 사람이 틀림없다며, 연오랑을 왕으로 모셨지요. 남편이 돌아오지 않자, 이상하게 여긴 세오녀는 바다로 나갔어요. 세오녀는 바위 위에 놓인 연오랑의 신발을 발견하고, 바위 위로 올라섰지요. 그런데 그 바위도 세오녀를 태우고 일본으로 가는 게 아니겠어요? 둘은 다시 만나고, 세오녀는 일본의 왕비가 되었어요.

그런데 연오랑과 세오녀가 일본으로 떠나자, 신라는 갑자기 해와 달이 빛을 잃어 깜깜해졌어요. 알아보니, 해와 달의 기운을 가진 사람이 일본으로 가는 바람에 이런 일이 생겼다는 것이었지요. 신라 왕은 둘에게 돌아오라고 했으나, 연오랑은 이렇게 말했어요. "이 모든 일은 하늘이 시켜서 된 것이니, 내 어찌 다시 돌아가겠소? 그 대신 부인이 짠 비단을 드릴 테니, 이것을 가지고 가 하늘에 제사를 지내면 해와 달이 빛을 찾을 것이오."

그 말대로 비단을 가지고 와 제사를 지내니, 해와 달이 다시 나타났다고 해요.

바다를 건너온 아이, 신라의 왕이 되다!

옛날에는 한 나라를 다스리는 사람을 임금이라고 불렀어요. 그런데 임금이라는 말은 언제 어떻게 생겼을까요? 바로 오늘의 주인공인 '석탈해'의 이야기를 들으면 알 수 있답니다.

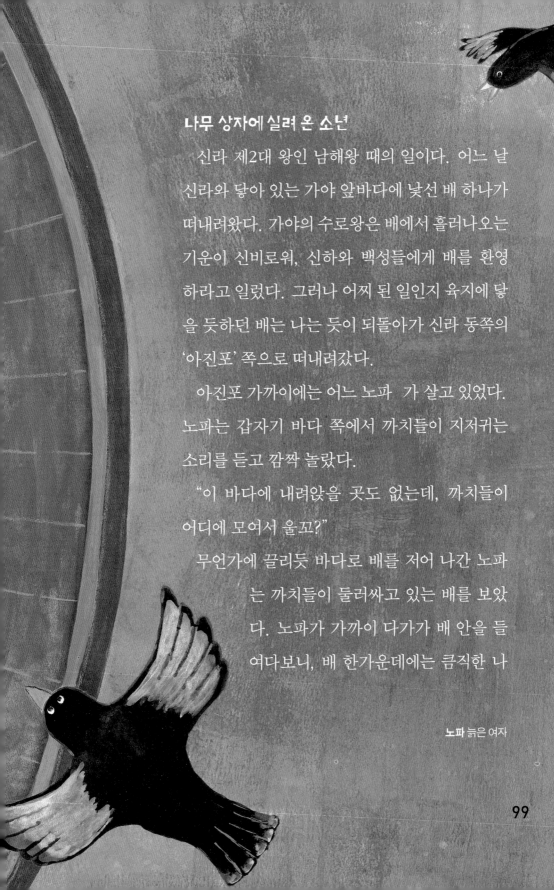

나무 상자에 실려 온 소년

신라 제2대 왕인 남해왕 때의 일이다. 어느 날 신라와 닿아 있는 가야 앞바다에 낯선 배 하나가 떠내려왔다. 가야의 수로왕은 배에서 흘러나오는 기운이 신비로워, 신하와 백성들에게 배를 환영하라고 일렀다. 그러나 어찌 된 일인지 육지에 닿을 듯하던 배는 나는 듯이 되돌아가 신라 동쪽의 '아진포' 쪽으로 떠내려갔다.

아진포 가까이에는 어느 노파 가 살고 있었다. 노파는 갑자기 바다 쪽에서 까치들이 지저귀는 소리를 듣고 깜짝 놀랐다.

"이 바다에 내려앉을 곳도 없는데, 까치들이 어디에 모여서 울꼬?"

무언가에 끌리듯 바다로 배를 저어 나간 노파는 까치들이 둘러싸고 있는 배를 보았다. 노파가 가까이 다가가 배 안을 들여다보니, 배 한가운데에는 큼직한 나

노파 늙은 여자

99

무 상자 하나가 덩그러니 놓여 있었다.

　노파는 배를 끌어다가 바닷가에 매어 놓고 골똘히 생각에 잠겼다.

　'나무 상자 안에 무엇이 있을까? 아무도 없으니 내가 슬쩍 열어 보아도 되겠지?'

　나무 상자를 향해 손을 뻗던 노파는 얼른 손을 거두고 고개를 저었다.

　'아니지. 그러다가 안에 무시무시한 것이라도 들어 있으면 어쩌란 말인고.'

　나무 상자 앞에서 갈팡질팡하던 노파는 마침내 호기심을 참을 수 없는 지경이 되었다.

　"하늘이시여. 제가 거둔 나무 상자이니 그저 한 번만 들여다보겠습니다. 너그러이 이해해 주시옵소서."

　떨리는 손으로 나무 상자를 열어 본 노파의 눈은 휘둥그레졌다. 나무 상자 안에는 잘생긴 소년이 아름다운 보물을 품에 안고 하인들을 거느린 채 앉아 있었던 것이다. 노파는 소년이 평범한 아이가 아님을 한눈에 알아보고, 집으로 데려와 정성껏 대접했다. 그러나 노파가 아무리 상냥하게 대해도 소년은 좀처럼 자신이 누구인지, 어디에서 왔는지 말하지 않았다.

노파는 나무 상자를 건질 때 까치가 울었다 하여 까치 작(鵲) 자에서 딴 '석(昔옛석)'으로 성을 삼고, 알에서 나왔다 하여 '탈해 (脫나오다 탈 解열다 해)'라고 소년의 이름을 지었다.

알에서 태어나다

며칠이 흐른 뒤, 탈해는 마침내 자신의 슬픈 운명에 대해 노파에게 이야기를 꺼냈다.

"저는 바다 건너 '용성국'의 왕자입니다. 스물여덟 명의 용왕님들이 아무 걱정 없이 대대로 용성국을 다스리고 있었지요. 제 아버지는 용성국의 함달파왕이시고, 어머니는 '적녀국'의 공주였습니다."

노파는 화들짝 놀라 물었다.

"귀하신 왕자님께서 어찌 나무 상자 안에 담겨 바다를 떠다니신 겝니까?"

탈해는 한숨을 내쉰 뒤 이야기를 풀어 놓았다.

적녀국의 공주는 함달파왕에게 시집온 지 한참이 지나도록 왕자를 낳지 못했다. 나라의 대가 끊길까 걱정하던 공주는 7년 동안이나 왕자를 낳게 해 달라고 정성을 다해 기도했다. 마침내 기도 끝에 아기를 낳았지만 낳고 보니 사람이 아닌 커다란 알이었다. 왕자를 기다리던 함달파왕은 크게 실망하였다.

"허어, 이런 괴이한 일이 있나?"

함달파왕은 신하들을 불러 의견을 물었다.

"이 일을 어찌하면 좋겠소?"

"사람이 아닌 알일지라도 폐하의 귀한 핏줄이옵니다. 거두시는 것이 옳은 줄로 아뢰옵니다."

"아닙니다, 폐하! 사람이 알을 낳는 것은 분명 세상의 이치를 거스르는 일이옵니다. 가까이 두시면 화를 당할까 두렵사옵니다."

"그렇습니다, 폐하!"

함달파왕은 신하들의 뜻에 따라 알을 버리기로 마음먹었다. 커다란 나무 상자를 만들고 그 속에 아직 깨지 않은 알과, 알에서 태어날 아기를 모실 하인들, 그리고 일곱 가지 보물을 넣어 배에 실었다.

마침내 배를 띄워 보내기로 한 날이었다. 함달파왕과 왕비는 바닷가에 나와 나무 상자에 손을 얹고 진심을 다해 빌었다.

"무사히 알에서 깨어나 인연 있는 땅에 닿고, 가문을 일으키게 도와주소서."

커다란 나무 상자를 실은 배는 용성국을 떠나 둥실둥실 떠내려가기 시작했다. 그러자 어디선가 붉은 용 한 마리가 나타나 배를 감싸며 길을 이끌었다.

집을 차지한 슬기

말을 마친 탈해는 자리를 털고 일어나 두 명의 하인을 데리고 토함산※으로 올라갔다. 그는 토함산 마루※에 돌집을 짓고 7일 동안 머물면서 자기가 살 만한 곳을 살펴보았다. 드디어 마음에 쏙 드는 땅을 찾았으나, 이미 그곳에는 '호공'이라는 사람이 살고 있었다. 탈해는 어떻게 해서든 그곳을 차지할 마음으로 한 가지 꾀를 내었다.

탈해는 그날 밤 하인을 시켜 호공 집 주위에 몰래 숫돌※과 숯 부스러기를 묻어 두게 했다. 그리고 다음 날 아침 일찍 호공을 찾아가 대뜸 이렇게 말했다.

"이 집은 옛날부터 우리 조상이 살던 집이니 내가 살아야겠소."

호공은 탈해의 말을 듣고 펄쩍 뛰었다.

"그럴 리 없소. 이 집은 대대로 우리가 살던 집이오!"

한참을 옥신각신하던 두 사람은 결국 관청에 찾아가 누구 말이 옳은지 가리기로 했다. 전부터 호공이 그 집에 살던 것을 알고 있던 재판관은 탈해에게 물었다.

※ **토함산** 신라의 수도였던 경주에 있는 산
※ **마루** 산등성이의 가장 높은 곳
※ **숫돌** 칼이나 낫 따위를 갈아 날을 세우는 데 쓰는 돌

"너는 무슨 근거로 그 집을 네 집이라 하는 것이냐?"

탈해는 기다렸다는 듯이 미소를 지으며 답했다.

"우리 집은 대대로 대장장이 였습니다. 얼마 동안 다른 지방에서 살다 와 보니 저 사람이 제 집인 양 살고 있지 뭡니까? 못 믿으시겠거든 집 주위를 파 보십시오. 제 말이 사실임을 알 것입니다."

재판관이 탈해의 말을 듣고 집 주변을 파헤치니 숫돌과 숯 부스러기가 나왔다.

대장장이 쇠를 달구어 연장 따위를 만드는 일을 하는 사람

"흠! 이곳이 대장간 터였음이 분명하구나. 그러니 이 집은 조상이 대장장이였다는 저 소년의 집이 맞을 것이다."

마침내 탈해는 호공의 집을 차지하여 살 수 있었다.

뛰어난 꾀로 호공의 집을 차지한 탈해의 이야기는 신라를 다스리던 남해왕의 귀에 들어갔다. 남해왕은 탈해의 슬기에 크게 감탄하여 탈해를 자신의 큰딸과 결혼시켰다.

물 잔에 붙은 입술

하루는 탈해가 토함산에 올랐다가 돌아오는 길에 목이 몹시 말라 신하 '백의'에게 물을 떠 오게 했다. 백의는 물을 떠 오다가 자신도 목이 말라 먼저 물을 한 모금 마셨다. 그런데 백의가 잔에서 입을 떼려 하니 잔이 입술에 딱 붙어서 떨어지지 않는 것이었다. 하는 수 없이 잔을 입술에 붙인 채로 탈해 앞에 나아간 백의는 어눌하게 말하였다.

"앞으로는 절대로 잔에 먼저 입을 대지 않겠습니다."

백의가 말을 마치자마자 잔에 붙었던 입술은 거짓말처럼 떨어졌다. 이때부터 백의는 물론 주위 사람들 모두가 탈해를 두려워하여 감히 그를 속이려 들지 못했다. 토함산에 있는 '요내정'이라는 우물이 바로 백의가 물을 길었던 그 우물이라 전해진다.

왕이 된 탈해

남해왕이 세상을 떠나자 왕의 아들 '유리'는 슬기로운 탈해에게 왕위를 넘겨주려 했다. 그러나 탈해는 이를 거절했다. 한참 동안 실랑이를 벌이던 끝에 탈해는 한 가지 방법을 내놓았다.

"예로부터 덕이 있고 지혜로운 사람은 이가 많다고 했소. 그러니 우리 두 사람 가운데 이가 더 많은 사람이 왕위에 오르는 게 어떻겠소?"

유리도 좋다고 하여 두 사람은 곧 떡 한 덩이씩을 가져가 한 입 물었다가 내놓았다. 떡에 찍힌 잇자국을 세어 보니 유리의 이가 더 많았으므로, 유리가 남해왕의 뒤를 이어 왕이 되었다. 이때부터 나라를 다스리는 사람을 '잇금※(이사금)'이라 했는데, 뒷날에는 이것이 '임금'이 되었다.

유리왕이 세상을 떠난 뒤에는 탈해가 왕이 되었다. 탈해왕은 23년 동안 신라를 다스리다가 세상을 떠났다. 뒷날 장사※를 지내니 그 머리뼈의 둘레가 3자※가 넘고, 몸의 뼈 길이는 9자가 넘는 장수의 뼈였다. 장사를 지낸 뼛가루를 탈해의 모습으로 빚어 궁궐 안에 모시니, 어느 날 탈해왕의 영혼이 나타나 말했다.

"내 뼈를 토함산에 두어라."

백성들이 그 말을 따라 탈해왕의 뼈를 토함산에 묻었다. 그 뒤로 백성들은 그를 신으로 받들며 해마다 성대한 제사를 지냈다고 전해진다.

※ **잇금** 잇자국
※ **장사** 죽은 사람을 땅에 묻거나 태우는 일
※ **자** 길이를 재는 단위. 1자는 약 30.3센티미터

「석탈해 신화」

1 우리나라 최초의 대장장이, 석탈해

석탈해의 직업은 대장장이였어요. 옛날엔 대장장이들이 왕이 되기 쉬웠던 걸까요? 여기에는 철의 비밀이 숨어 있지요.

고구려, 백제, 신라 세 나라가 세워질 무렵에는 철이 매우 중요했거든요. 철을 사용하여 농기구를 만들고, 무기도 만들었기 때문이죠. 즉, 대장장이가 왕이 되었다는 것은 철을 잘 다루는 사람이 능력이 있고 힘이 강하며, 우두머리가 될 수 있는 자격이 있었단 것을 보여 준답니다.

2 김수로와 석탈해의 대결

『삼국유사』에는 석탈해의 또 다른 이야기가 전해 내려와요.

어느 날 석탈해가 바다를 통해 가락국에 왔어요. 석탈해는 성큼성큼 대궐에 들어가 왕에게 "왕의 자리를 뺏으려고 왔다."고 했지요. 김수로왕은 "왕의 자리는 하늘이 나에게 준 것이니, 네게 줄 수 없다."고 했어요. 그러자 탈해가 대결을 벌이자고 했지요.

먼저 탈해가 매로 변하자, 김수로왕이 독수리로 변했어요. 다시 탈해가 참새로 변하니, 김수로왕이 참새를 잡아먹는 매로 변했지요. 잠시 뒤 탈해가 본래의 모습으로 돌아가자, 김수로왕 또한 다시 원래의 모습으로 돌아왔어요. 탈해는 김수로왕의 뛰어난 실력에 결국 항복했답니다. 이 이야기는 가야와 신라의 대결이 있었던 사실을 상징적으로 나타낸 듯해요. 두 나라의 싸움에서 승자는 김수로왕이었을 거라고 추측해 볼 수 있겠죠?

3 왕은 왜 알에서 태어날까요?

우리나라의 신화에는 석탈해처럼 알에서 태어났다고 전해지는 왕이 많이 있어요. 고구려의 주몽과 신라의 박혁거세, 가야의 김수로왕도 모두 알에서 태어났지요. 이렇게 사람이 알에서 태어난 이야기를 **난생(卵**알 난 **生**날 생**) 신화**라고 한답니다.

이들이 알에서 태어났다는 것은 뛰어난 인물은 출생부터 특이하단 것을 말하기 위해서예요. 또 알에서 태어났다고 버림을 받지만, 그 고난을 헤쳐 나가는 과정도 영웅이 되기에 충분한 능력이 있다는 것을 보여 주기 위해서이죠.

「주몽 신화」
알에서 태어난 아이,
고구려를 세우다!

1 다음에서 설명하는 사람의 이름을 써 보세요.

(①) : 물의 신 하백의 딸. 하느님의 아들 해모수와 사랑에 빠진 뒤,
알을 낳는다.

(②) : 동부여의 첫째 왕자. 주몽의 뛰어난 재주를 샘내서, 주몽을
없애기 위해 노력한다.

(③) : (①)를 우연히 만나 궁으로 데리고 온다.

2 '주몽' 이름의 뜻은 무엇인가요?

① 알에서 태어난 사람   ② 활을 잘 쏘는 사람
③ 말타기를 잘하는 사람   ④ 하느님의 손자

3 다음 상황 뒤에 어떤 일이 일어났나요? `서술형 문항 대비`

> 주몽과 세 친구가 말을 달려 큰 강 앞에 다다
> 랐을 때였다. 저 멀리서 뿌연 흙먼지를 일으
> 키며 대소 왕자와 병사들이 쫓아왔다. 세 친
> 구는 발을 동동 굴렀다.
> "앞엔 강물이고, 뒤엔 병사들이 쫓아와. 이제
> 우린 꼼짝없이 죽게 생겼어."
> 그 모습을 본 주몽이 말에서 내렸다. 그러고
> 는 강물을 향해 크게 소리쳤다.
> "나는 해모수의 아들입니다. 또 하백의 손자이기도 하지요! 부디 강물
> 을 열어 주십시오!"

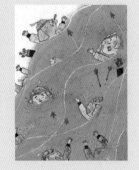

4 「주몽 신화」는 건국 신화이지요. 한자의 뜻을 찾고, 건국 신화는
무엇인지 써 보세요.

건국 신화란 (   )이다.

『박문수전』
암행어사 출두요!

1 다음 중 『박문수전』의 내용으로 틀린 것을 고르세요.

① 박문수는 어릴 때 할아버지와 아버지를 여읜 슬픔을 잊으려고 책 속에 파묻혀 지냈다.
② 박문수는 과거에 어려움 없이 합격하였다.
③ 영조는 박문수에게 암행어사의 벼슬을 내려 백성들을 살피게 하였다.
④ 박문수는 구천동에서 어려움에 처한 천운거라는 노인을 도와주었다.

2 이 생원은 친구의 딸을 내쫓고, 재산을 빼돌렸어요. 박문수는 이 생원을 혼내 주기 위해 누구의 도움을 받았나요?

3 <보기>에서 빈칸에 들어갈 알맞은 말을 고르세요.

- 저는 매질을 견디다 못해 그들이 시키는 대로 거짓 (①)을(를) 하고 감옥에 갇히게 된 것입니다. (뜻 : 자기가 저지른 죄나 허물을 남들 앞에서 스스로 고백함)
- 혼자 헤맬 때는 (②)조차 없던 깊은 산속에 커다란 마을이 펼쳐져 있었기 때문이다. (뜻 : 사람이 있음을 알 수 있게 하는 소리나 낌새)

보 기

고백   자백   너스레   구걸   인기척

4 다음에서 설명하는 '이것'은 무엇인가요?

옛날, 역에서 말을 사용할 수 있다는 증표이며 암행어사는 보통 세 마리의 말이 그려진 '이것'을 사용했다.

『홍길동전』
동에 번쩍 서에 번쩍
영웅이 나가신다!

1 『홍길동전』 이야기를 순서대로 나열해 보세요.

> ① 홍길동이 못된 벼슬아치를 혼내 주고 가난한 백성들을 돕는 사람들의 모임인 '활빈당'을 만들었다.
> ② 홍길동이 홍 대감을 찾아가 집을 떠나겠다고 말한 뒤, 집을 나왔다.
> ③ 홍길동이 율도국의 왕이 되어 나라를 잘 다스렸다.
> ④ 여덟 명의 홍길동이 임금 앞에 잡혀 왔다.
> ⑤ 홍길동이 자신을 잡으려고 한 포도대장을 크게 꾸짖고 돌려보냈다.

(   ) → (   ) → (   ) → (   ) → (   )

2 낱말과 그 뜻을 알맞게 이어 보세요.

① 포도대장

② 관상

㉠ 사람의 얼굴을 보고 그의 운명, 성격, 수명 따위를 판단하는 일

㉡ 옛날에 범죄자를 잡거나 다스리는 일을 맡아보던 포도청의 으뜸 벼슬

3 홍길동이 집을 떠나기 전에 아버지인 홍 대감에게 하는 말입니다.
빈칸에 알맞은 말을 쓰세요.

"소인, (①)를 (①)라 부르지 못하고
(②)을 (②)이라 부를 수 없습니다.
또 아무리 글공부를 많이 해도 (③)를 볼
수 없습니다. 일찌감치 세상에 나가 소인이 할
수 있는 일을 찾아보겠습니다."

4 흔히 조선의 3대 의적으로 홍길동, 임꺽정, 장길산을 꼽지요.
이 세 인물의 소개로 틀린 것은 무엇인가요?

① **임꺽정** : 백정 출신으로 상인, 대장장이, 노비 등과 함께 활동했다.
② **홍길동** : 노비로 태어나 집에서 도망 나와 도둑의 우두머리가 되었다.
③ **장길산** : 광대 출신으로 황해도 일대에서 무리를 모아
도둑의 우두머리가 되었다.

『조웅전』
조웅, 위기에 빠진 나라를 구하다!

1 『조웅전』 이야기를 잘못 이해한 친구를 <u>모두</u> 고르세요.

① **정희** : 조웅의 아버지는 간신의 험담을 받자, 화를 이기지 못해 스스로 목숨을 끊었어.
② **유하** : 조웅은 철관 도사를 만나 천리마를 주었어.
③ **창희** : 조웅은 장 소저를 만나 사랑에 빠졌어.
④ **종우** : 조웅은 귀양 가 있는 송나라 태자의 목숨을 구하려고 했으나, 실패했어.
⑤ **미자** : 조웅이 이두병을 물리치고 나라의 평화를 되찾았어.

2 『조웅전』 내용의 한 부분이에요. 빈칸에 알맞은 낱말을 쓰세요.

> 얼마 뒤 조웅은 다시 '학산'으로 가라는 철관 대사의 말에 길을 나섰다. 그리고 그곳에서 수많은 병사들에게 붙잡혀 있는 이두병을 보았다. 아버지의 원수를 눈앞에서 보니 조웅은 화를 참을 길이 없었다. 냅다 달려가 그 목을 쳤으나 그것은 (   )였다.
> "도대체 누가 이 같은 것을 만들었단 말인가?"

3 『조웅전』은 전쟁을 배경으로 한 영웅 이야기인 '군담 소설'이에요.
군담 소설의 공통된 특징이 아닌 것은 무엇인가요?

① 주인공은 가난한 집안에서 태어나 버림을 받는다.
② 어려서부터 많은 고난을 겪는다.
③ 나라를 구한 뒤 높은 벼슬을 받는다.
④ 군담 소설은 대체로 전쟁을 겪은 뒤 많이 나왔다.

4 『조웅전』은 다른 군담 소설과 다른 점이 있어요. 무엇인가요?

서술형 문항 대비

「만파식적 설화」
피리로 거센 물결을 잠재우다

1 빈칸에 들어갈 말이 알맞게 짝지어진 것을 고르세요.

> 아주 먼 옛날, 신라 제31대 왕인 신문왕이 아직 왕위에 오르기 전의 일
> 이다. 신문왕의 아버지 문무왕은 (㉠)를 무너뜨린 아버지 무열왕
> 의 뒤를 이어, (㉡)를 멸망시켰다. 그리고 (㉢) 군대까지 몰
> 아내 마침내 (㉣)을 이루었다.

① ㉠ 고구려 ㉡ 백제 ㉢ 당나라 ㉣ 삼국 통일
② ㉠ 백제 ㉡ 고구려 ㉢ 당나라 ㉣ 삼국 통일
③ ㉠ 백제 ㉡ 고구려 ㉢ 일본 ㉣ 삼국 통일
④ ㉠ 고구려 ㉡ 백제 ㉢ 일본 ㉣ 독립
⑤ ㉠ 백제 ㉡ 고구려 ㉢ 당나라 ㉣ 독립

2 신문왕은 장인에게 대나무로 피리를 만들게
하였지요. '만파식적'이라고 불리는 이 피리
이름엔 어떤 뜻이 담겨 있나요?

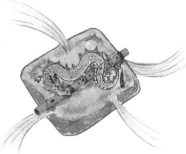

3 「만파식적 설화」의 한 부분이에요. 빈칸에 들어갈 알맞은 말을 찾으세요.

> 신문왕은 문무왕이 나라를 지키기 위해 세우기 시작한 절의 공사를 서둘렀다. 그리고 얼마 뒤 마침내 문무 대왕릉과 멀지 않은 곳에 절이 세워졌다. 신문왕은 크게 기뻐하며 절의 이름을 무엇으로 지을까 고민했다. 그때, 고민하던 신문왕의 머릿속에 번쩍 떠오르는 이름이 있었다. "이 절의 이름을 (   )라 부르겠다. 세상을 떠난 뒤에도 나라를 지키려는 문무 대왕의 은혜에 감사한다는 뜻이니라."

① 불국사   ② 감은사   ③ 해인사   ④ 송광사

4 <보기>에서 알맞은 단어를 찾아 빈칸에 쓰세요.

> 자명고는 나라에 적이 쳐들어오면 스스로 우는 신비한 (①)의 북이었어요. (②) 왕자를 진심으로 사랑했던 (①) 공주는 자명고를 찢어 버렸지요. 그 소식을 들은 (②) 왕자는 곧바로 (①)을 공격했어요.

보 기

낙랑   신라   고구려   일본   호동   백제

「석탈해 신화」
바다를 건너온 아이,
신라의 왕이 되다!

1 다음 중 「석탈해 신화」를 잘못 알고 있는 친구는 누구인가요?

> **민아** : 용성국의 왕비가 7년 만에 아기를 낳았는데, 커다란 알이었어.
>
> **민주** : 함파달왕과 왕비는 알을 정성껏 돌보았고, 몇 달 뒤 알에서 아기가 태어났지.
>
> **지나** : 뒷날 그 아기가 자라 신라의 탈해왕이 되었어.

2 토함산에 오른 탈해가 신하 백의에게 물을 떠 오게 했어요. 백의는 물을 떠 오다가 자신도 목이 말라 먼저 물을 한 모금 먼저 마셨지요. 그 뒤 백의에게 어떤 일이 벌어졌나요? **서술형 문항 대비** 🖍

3 호공의 집을 차지하기 위해서 탈해는 꾀를 내었어요. 빈칸에 들어갈 알맞은 직업은 무엇인가요?

"너는 무슨 근거로 그 집을 네 집이라 하는 것이냐?"
탈해는 기다렸다는 듯이 미소를 지으며 답했다.
"우리 집은 대대로 (   )였(이었)습니다. 얼마 동안 다른 지방에서 살다 와 보니 저 사람이 제 집인 양 살고 있지 뭡니까? 못 믿으시겠거든 집 주위를 파 보십시오. 제 말이 사실임을 알 것입니다."
재판관이 탈해의 말을 듣고 집 주변을 파헤치니 숫돌과 숯 부스러기가 나왔다.

① 목수   ② 농부   ③ 대장장이   ④ 무당

4 빈칸에 알맞은 말을 〈보기〉에서 찾아보세요.

우리나라 신화에는 석탈해처럼 알에서 태어났다고 전해지는 왕이 많이 있다. 고구려의 주몽과 신라의 박혁거세, 가야의 김수로왕도 모두 알에서 태어났다. 이렇게 사람이 알에서 태어난 이야기를 (   ) 신화라고 한다.

보기
영웅   건국   난생   군담   우화

간신 67p 나쁜 꾀가 있어 거짓으로 임금의 비위를 맞추는 신하

감사 50p 각 도를 다스리는 으뜸 벼슬

객점 76p 옛날에 오가는 손님들이 음식을 사 먹거나 쉬던 집

공 44p 공로

과거 25p 관리를 뽑는 시험

(①) 45p 사람의 얼굴을 보고 그의 운명, 성격, 수명 따위를 판단하는 일

관아 30p (②   )

광대 30p 연극, 노래, 춤, 줄타기 등의 재주를 가진 사람

구걸 34p 돈 따위를 거저 달라고 비는 일

귀양 70p 죄인을 먼 시골이나 섬으로 보내어 정해진 곳에서만 살게 하던 벌

근 49p 무게의 단위

나는 새도 떨어뜨린다 69p (③   )

너스레 37p 수다스럽게 떠벌려 늘어놓는 말이나 행동

노파 99p 늙은 여자

대원수 78p 군대 전체를 이끄는 대장

대장부 44p 건강하고 씩씩한 사내

대장장이 104p 쇠를 달구어 연장 따위를 만드는 일을 하는 사람

리 41p 거리의 단위. 1리는 약 0.4킬로미터

마루 103p 산등성이의 가장 높은 곳

만수무강 61p 아무 탈 없이 아주 오래 삶

방 52p 어떤 일을 널리 알리기 위해 사람이 많이 다니는 곳에 써 붙인 글

(④) 65p 소나 개, 돼지 따위를 잡는 일을 직업으로 하는 사람

벼슬아치 23p 관청에서 나랏일을 보던 사람

병조 판서 60p 조선 시대에 군사를 맡았던 으뜸 벼슬

부귀영화 81p 재산이 많고 지위가 높으며 귀하게 되어 온갖 영광을 누림

비판 65p 사물의 옳고 그름을 가리어 판단하거나 밝힘

사약 78p 먹으면 죽는 약

삼년상 24p 부모님이 돌아가시면 3년 동안 상복을 입고 상을 치르는 일

생원 34p 예전에, 나이 많은 선비를 대접하여 이르던 말

숫돌 103p 칼이나 낫 따위를 갈아 날을 세우는 데 쓰는 돌

(⑤) 43p 본부인이 아닌 다른 여자가 낳은 아들

소인 46p 신분이 낮은 사람이 신분이 높은 사람한테 자신을 낮추어 이르던 말

소저 75p '아가씨'를 한문 투로 이르는 말

암행어사 출두 23p 암행어사가 더 확실한 증거를 찾기 위해 신분을 밝히며 들이 닥치는 일

영웅 소설 83p 우리나라 고전 소설 갈래의 하나로 주인공의 영웅적 삶을 그린 소설

옥대 93p 임금이나 관리의 옷에 두르던 옥으로 장식한 띠

움막집 24p 땅을 파고 그 위에 짚 따위를 얹고 흙을 덮어 추위나 비바람만 가릴 정도로 임시로 지은 집

유복자 68p 태어나기 전에 아버지를 여읜 자식

은인 52p (　　　　　⑥　　　　　)

의병 79p 나라를 지키려고 백성들이 스스로 꾸린 군대

의적 65p (　　　　　⑦　　　　　)

인기척 26p 사람이 있음을 알 수 있게 하는 소리나 낌새

잇금 108p 잇자국

자 108p 길이를 재는 단위. 1자는 약 30.3센티미터

자객 46p 사람을 몰래 죽이려는 사람

자백 35p 자기가 저지른 죄나 자기의 허물을 남들 앞에서 스스로 고백함

장사 108p 죽은 사람을 땅에 묻거나 태우는 일

(　⑧　) 94p 손으로 물건을 만드는 일을 하는 사람

점괘 45p 점을 친 결과

조정 25p 임금이 나라의 정치를 신하들과 의논하거나 실제로 행하는 곳

진휼사 41p 흉년이 들었을 때에 백성을 돕기 위하여 국가에서 보낸 벼슬아치

징조 94p 어떤 일이 생길 기미

척 73p 길이의 단위. 1척은 약 30.3센티미터

천리마 75p 하루에 1,000리를 달릴 수 있을 정도로 좋은 말

첩 44p 본부인 외 다른 아내

촌장 21p (　　　　　⑨　　　　　)

충신 67p 나라와 임금을 위하여 충성을 다하는 신하

탐관오리 65p 백성의 재물을 탐내어 빼앗는, 행실이 깨끗하지 못한 관리

태수 63p 고을을 다스리는 벼슬아치

태자 68p 황제의 자리를 이을, 황제의 아들

토함산 103p 신라의 수도였던 경주에 있는 산

팔도 53p 강원도, 경기도, 경상도, 전라도, 충청도, 평안도, 함경도, 황해도를 통틀어 가리킴

포도대장 53p 옛날에 범죄자를 잡거나 다스리는 일을 맡아보던 으뜸 벼슬

(　⑩　) 69p 남의 것을 빼앗기 위하여 기회를 엿봄

알에서 태어난 아이, 고구려를 세우다! 「주몽 신화」

1. ① 유화 ② 대소 왕자 ③ 금와왕

2. ②

3. 물고기와 자라들이 몸으로 강 건너편까지 다리를 만들었고, 주몽과 친구들은 물고기와 자라를 다리 삼아 강을 무사히 건넜다.

4. 세울 건, 나라 국, 나라를 세운 사람들의 이야기

암행어사 출두요! 『박문수전』

1. ④. 박문수는 구천동의 유안거라는 노인을 도와주었다.

2. 도둑. 부잣집 물건만 훔쳐서 가난한 사람에게 나누어 주다 잡혀 들어온 도둑이다.

3. ① 자백 ② 인기척

4. 마패

동에 번쩍 서에 번쩍 영웅이 나가신다! 『홍길동전』

1. ② → ① → ⑤ → ④ → ③

2. ①-ⓛ, ②-ⓖ

3. ① 아버지 ② 형 ③ 과거

4. ②

조웅, 위기에 빠진 나라를 구하다! 『조웅전』

1. ②, ④

2. 허수아비

3. ①. 주인공은 이름난 집안에서 귀하게 얻은 자식이다.

4. 특별한 출생 이야기가 없다. 또 비현실적인 사건들이 많은 다른 군담 소설과는
   달리,『조웅전』의 사건들은 언제 어디서든 일어날 수 있는 일들이라 생생하게 와
   닿는다.

피리로 거센 물결을 잠재우다「만파식적 설화」

1. ②
2. 거센 물결도 잠자게 하는 피리
3. ②
4. ① 낙랑 ② 호동

바다를 건너온 아이, 신라의 왕이 되다!「석탈해 신화」

1. 민주. 함파달왕은 신하들의 뜻에 따라 알을 배에 실어 떠내려 보냈다.
2. 백의가 잔에서 입을 떼려 하니 잔이 입술에 딱 붙어서 떨어지지 않았다.
3. ③
4. 난생

똑똑한 단어 사전 정답

① 관상
② 벼슬아치들이 나랏일을 보던 곳
③ 힘이 대단하여 모든 일을 제 마음대로
할 수 있는 상태를 이르는 말
④ 백정
⑤ 서자

⑥ 자신에게 은혜를 베푼 사람
⑦ 탐관오리들의 재물을 훔쳐다가 가난한
사람을 도와주는 의로운 도적
⑧ 장인
⑨ 마을의 우두머리
⑩ 호시탐탐

아르볼

아르볼은 스페인어로 '나무'라는 뜻이며, ㈜지학사의 40여 년 교육 콘텐츠 노하우가 녹아 있는 어린이 단행본 브랜드입니다.

다음엔 또 어떤 책이 나올까?

아르볼의 어린이책

facebook